AF191879

F.U. Ricardo

Leuchttürme

F.U.Ricardo

Leuchttürme

Roman

Ricardo, F.U.
Leuchttürme
– 1. Aufl. – 2009
Herstellung und Verlag:
Books on Demand GmbH, Norderstedt (www.bod.de)
ISBN-13: 978-3-83911-170-3

Vorwort

Leuchttürme waren Wahrzeichen der Seefahrer durch Jahrhunderte. Manche vielleicht etwas beschädigt, schlecht bedient, verlottert und was auch immer! Aber sie retteten Menschenleben und kostbare Fracht und waren Symbol der Sicherheit.

Sie wurden aber auch oft missbraucht, so zum Beispiel von Piraten oder bestochenen Wächtern! Solche Irrlichter führten in die Katastrophe.

Leuchttürme können aber auch besondere Menschen sein, die in irgendeiner Aufgabe und Mission tätig sind! Und dies auf nahezu allen Gebieten, wie Wissenschaft, Medizin, Forschung, Kunst, Religion. Das heisst: Ein Mensch ist weithin sichtbar, und seine Wirkung hat eine Vorbildfunktion.

1

Der zwölfjährige Reto sass sinnend in der milden Abendsonne auf einem kleinen Hügel und sah über sein kleines Siebenhundert-Seelen-Dorf, das man seine Heimat nannte. Mild aber waren seine Gedankengänge ganz und gar nicht. Die Mutter war kürzlich im blühenden Alter von einer schweren Krankheit dahingerafft worden, und sein Vater unterhielt sich lieber mit seinen Kumpanen im Wirtshaus als mit seinem einzigen Sohn. Eine Tante, gutherzig aber zugleich auch streng, fromm, aber nicht frömmlerisch, versuchte, ihm Mutter und Vater zu ersetzen.

Retos liebste Freunde waren eigentlich die Tiere auf dem kleinen Bauernhof. Aber er hasste die Arbeit in Feld, Hof und Stall, denn er träumte von der grossen, weiten Welt. War er wirklich dazu auf dieser Welt und dazu verurteilt, um in diesem Kuhdorf zu leben und schliesslich hier zu sterben?

Wie viele Jahre liegt denn seine Zeit zurück? Irgendwo in der zweiten Hälfte des vorigen, doch schon fortschrittlichen 20. Jahrhunderts. Damals aber noch ohne die berühmten www, ohne Globalisierung und weitere „Segnungen" der Moderne. Also eine doch eher langweilige Welt? Eigentlich nicht, im Gegenteil, oft faszinierender als heute, und dies nicht nur aus der Sicht eines Dinosauriers!

Man fand noch Zeit für eine Diskussion, zum Nachdenken, zu einer schöpferischen Stille. Eine solche „Stille" schmerzt heutzutage jene, die sich stets und immer berieseln lassen müssen.

Das Leben der Dörfler war einfach, ja, für heutige Begriffe vielleicht ärmlich. Trotzdem: Die meisten waren zufrieden. In den Ferien verreisen? Das kannte man nicht, vor allem nicht bei den Bauern. Ja, gut: Mal einen Tag nach Zürich oder zwei Tage ins Tessin. Das waren dann aber schon Höhepunkte. Doch, da war einer im Dorf, ein Mann, der reiste doch tatsächlich ohne Familie mal nach Wien und dann auch nach Paris. Eine Zeitlang war dies das Dorfgespräch. „Was macht der denn nur dort? Vielleicht fremde Weiber?" Er wurde gleichzeitig etwas bewundert und beneidet! Man tuschelte gerne über Aussergewöhnliches. Schon damals trieb die Phantasie der Leute seltsame Blüten. „Eines Tages will der verrückte Kerl vielleicht noch nach Amerika, währenddessen zu Hause seine Frau und die Kinder auf dem Hof schuften müssen!"

In der Schule war Reto eigentlich kein grosses Licht, denn die Mitarbeit im kleinen Bauernbetrieb liess kaum Zeit zum Lernen. Nein, halt! Er war eine Leseratte und verschlang förmlich alles, was ihm in die Hände geriet. Darum war das Fach Deutsch eigentlich kein Problem. Oder doch? Nun, Grammatik schon, nicht aber der Wortschatz, gepaart mit Phantasie, zum Formulieren und Fabulieren. Rechnen? Nun, das musste wohl sein. Aber Geschichte und Geografie: Dabei konnte man träumen von alten Zeiten und neuen weiten Welten!

Geografie, so bald diese ausserhalb seiner Heimat, die Schweiz, fortschritt, wurde für Reto hochinteressant. Geschichte war auch grossartig, vor allem, wenn die alten Eidgenossen die bösen Habsburger so richtig zu Kleinholz schlugen und Karl den Kühnen umbrachten.

Reto lernte in der Geografie den nördlichen Nachbarn, Deutschland, etwas näher kennen. Aber die Deutschen, das waren doch früher die Bösen? Hatten nicht seine Vorfahren erzählt, dass sie früher alle eine grosse Angst und einen noch grösseren Hass empfanden bei dem Gedanken, dass diese auch die Schweiz überrennen? Nun, das waren für ihn aber ganz alte Kamellen!

Er lernte auch etwas über Frankreich und vernahm vom grossen Feldherrn und Kaiser Napoleon. „Spre-

chen wohl darum die Leute bei uns in der West-
schweiz immer noch Französisch und müssen wir in
der Schule darum diese Sprache mühsam lernen?"

Da war noch der andere Nachbar: Italien! Natürlich:
„Von dort kommen die Spaghetti. Immer nur Kartof-
feln essen, das ist doch so langweilig!" Aber Kartof-
feln wuchsen auf eigenem Feld, und die Spaghetti
musste man kaufen. Und dazu fehlte meist das Geld.
Zu hören aber vom alten und riesigen Römischen
Imperium, in das auch die alten Helvetier eingeglie-
dert waren, von Rom, der Ewigen Stadt, von grossartigen Palazzi in Venedig mit seinen Wasserstras-
sen, von wunderschönen Stränden an den verschie-
denen Meeren, die den „Stiefel" Italien umgeben:
Da kam Reto ins Schwärmen und ins Träumen.

Dann Österreich, auch ein Land, das an die Schweiz
grenzt, und das anscheinend große Ähnlichkeit auf-
wies mit den Bergen, Seen und netten Leuten. Und
da war natürlich die Kaiserin Sissi, von der man
schon als Junge träumte. Wie musste das damals am
Kaiserhof der grossen Donaumonarchie zugegangen
sein? Er träumte vom sogenannten „Goldenen Drei-
eck", nämlich Wien, Prag und Budapest, ohne eigentlich davon viel zu wissen und kaum verlockende
Fotos oder gar Filme gesehen zu haben.

„Da waren aber auch die bösen Russen, die sogar
Frauen vergewaltigt hätten", sinnierte er. Wie wenn

dies andere nicht getan haben! Aber darauf kam er erst später. Auf die Frage des kleinen Reto, was denn vergewaltigen sei, wurde die Tante vor Verlegenheit ganz blass. „Das sind Männer, die den Frauen sehr weh tun!" erklärte sie stockend.

„Aber dann kann man diese Saukerle doch ins Gefängnis werfen!" meinte er ganz entrüstet.

„Red nicht so schlimm", drohte die Tante und wollte dem Jungen wohl am liebsten eine Ohrfeige verpassen. Der aber meinte trotzig: „Ist doch auch wahr!"

Dann hörte man natürlich auch von Amerika, dem grossen, besser riesigen Land hinter dem Ozean. Das kannte Reto ziemlich gut. Nämlich, was die Indianer, Winnetou und Old Shatterhand betraf. Denn oft las er Karl May, und zwar manchmal spät nachts sogar mit der Taschenlampe unter der Bettdecke. Seine Tante meinte nämlich, dies sei Schund, weil Leute darin ermordet würden.

Und Indien, China, Australien, Brasilien und so weiter? Nun, da musste man warten können bis in die nächst höheren Schulklassen. „Wirklich: Die Welt ist gross, und ich sitze hier in einem solchen Nest fest und sehe keine Möglichkeit, einmal raus zu kommen!"

Wenn seine Tante alle ein bis zwei Monate in die nächste Stadt fuhr, weil im Dorf Arzt und Apotheke fehlten, um Schmerztabletten oder sonst etwas zu kaufen, so erwartete Reto, innerlich zitternd in der Vorfreude ihre Rückkehr. Denn meistens brachte sie für ihn ein neues Micky-Mouse-Heft oder andere Publikationen mit, wie Robinson Crusoe, Lederstrumpf und so weiter. Zum Glück fand seine Tante gar keine Zeit, diese Bücher zuvor durch „ihre Zensur" gehen zu lassen. Sie hätte dafür vor allem eine neue Brille, wozu kein Geld vorhanden war, benötigt.

Reto fand auch von seiner Mutter, die auch gerne gelesen hatte, in einem Wandschrank noch ganz andere Bücher, von Ludwig Ganghofer und anderen Schriftstellern. Und dann sogar ein Anatomiebuch über den menschlichen Körper mit allen seinen Funktionen bis hin zur Sexualität. Mensch, war das aufregend. War denn das wirklich bei den Menschen ähnlich wie bei den Tieren, bei denen er ab und zu den Paarungsakt mitbekam?

„Aber das ist doch eigentlich etwas scheusslich", dachte er bei sich. Etliche Jahre später empfand er dies aber als scheusslich schön, ja wunderbar! Mit allen diesen Büchern verkroch er sich dann für die nächsten Stunden hinter den Hühnerhof, damit ihn niemand fand und niemand stören konnte, und versenkte sich in die Welt der Phantasie.

2

Es fügte sich, dass Reto ein Jünger der schwarzen Kunst wurde und damit eindrücklich schon zu jener Zeit die Macht des gedruckten Wortes erleben konnte. Leider war auch dieser früher sehr angesehene Berufszweig schon auf einem sehr absteigenden Ast, verdrängt durch modernere Technik und später natürlich durch die revolutionäre Computerwelt.

Also wechselte er in die Werbebranche, die immer mehr zu boomen begann. Sein Leitsatz war eigentlich nicht sehr menschenfreundlich, stimmte aber manchmal doch: „Jeder Tag steht mindestens ein Dummer auf, dem man etwas verkaufen kann, was er eigentlich gar nicht braucht!"

Nun, es gab Tage, da stand wirklich nicht ein einziger solcher Dummer auf. Hingegen gab es wieder Zeiten, in denen dieses „Leitbild" annähernd stimmte oder gar übertroffen wurde. Aber auch diese Branche kannte eines Tages Krisen. Was also tun? Zumindest war er aus dem „Kuhdorf" raus.

Und doch: Manchmal zog ihn eine gewisse Nostalgie, um nicht zu sagen Heimweh, doch wieder dahin zurück, zu Verwandten und Bekannten, die jene Atmosphäre niemals mit der einer Grossstadt tauschen wollten. Irgendwie fand auch Reto dort oft wieder inneren Frieden.

Ganz zurück aber wollte er auf keinen Fall. Sicher: Es ist schön, mit der Katze zu spielen; aber es ist doch auch reizvoll, selbst den Löwen zu mimen!

Natürlich ist es schön, wenn man den Nachbarn absolut trauen konnte und darum auch nachts nie die Haustüren abriegelte. Schön auch, dass tagsüber jedermann, meist ohne anzuklopfen, einfach in die gute Stube eintreten konnte. Aber ist es nicht auch schön, wenn man sein eigenes Refugium zuschliessen und nicht jedermann seine Nase in das eigene Privatleben stecken konnte? Alles hat Nachteile und Vorteile. Es kommt auf die Sehweise an!

Vermutlich gibt es heute in jenem Dorf, das übrigens auch gewachsen ist, verschlossene Haustüren und sogar Alarmanlagen. Man kann die Zeit nicht zurückdrehen!

3

Reto sass, wenige Jahre später, wie damals im kleinen Bauerndorf in der Schweiz, in der milden Abendsonne am Fuss des Leuchtturms von „Herkules", spanisch „Torre del Hércules" genannt, in Galizien. Dieser war wohl einer der ersten Leuchttürme überhaupt und soll ungefähr um hundert nach Christus fertig gestellt worden sein. Im 18. Jahrhundert erweitert, betrug nun seine Höhe 50 Meter.

Zuvor hatte er seine Militärpflicht in der Schweiz „erfüllt", zu der jeder einigermassen gesunde junge Schweizer einberufen wird. Er lernte den Ausspruch am eigenen Leib kennen: „Die Schweiz hat keine Armee: Die Schweiz *ist* eine Armee!" In jenen Tagen wären im Kriegsfall innert 24 Stunden über eine halbe Million Soldaten an ihrem Platz, das heisst an ihrer Kanone, in ihrem Panzer, im Flugzeug, „kriegsbereit" gewesen.

Reto war beileibe kein Pazifist. Aber er wunderte sich schon damals, dass eigentlich in jedem Land die

Führung der Armee Verteidigungsministerium genannt wird. Wäre es nicht teilweise angebracht, sie „Angriffsministerium" zu nennen? In seiner Grundausbildung hörte er Parolen wie „für das Vaterland" und so weiter. An seiner Seite war ein junger Soldat, der mal die dumme Frage zu stellen wagte: „Was ist das, Vaterland? Mein Vater hat kein Land!" Dieser wurde natürlich erst zusammengepfiffen und nachher schikaniert. In schlaflosen Stunden in der Nacht, weil die Hälfte der Kameraden fürchterlich schnarchte, philosophierte er mit seinem Kameraden über die Realität eines Krieges. „Wenn du mit ansehen müsstest, wie der Feind deinen Vater, deine Mutter umbringt, wie deine Schwester vergewaltigt wird, würdest du dann wirklich nicht schiessen?" Dieser gab zur Antwort: „Ich weiss es nicht; vielleicht schon! Aber was kann der andere arme Hund dafür, der den Befehl dazu erhält, uns umzubringen? Wenn doch dann alle einfach daneben schiessen würden!" Sie kamen logischerweise zu keinem Resultat.

Die Alpen in der Schweiz glichen sowieso seit dem Zweiten Weltkrieg immer noch einem Emmentaler Käse. Sie waren ausgehöhlt und durchlöchert, bespickt mit allem Möglichen und Unmöglichen. Dabei war wohl schon damals ein „böser Feind" weit weg. Das Land war ja eigentlich umgeben von lauter Freunden! Aber die „Bösen" lauerten im Osten. Darum sollte man allzeit bereit sein. Dabei war die

Militärtechnik schon in jenen Tagen so ausgefeilt, dass vielleicht die ganze waffenstarrende Schweiz durch einen Raketenschlag ausgelöscht worden wäre. Aber: Wer wollte den so etwas? Viele hatten doch ihr Geld hier deponiert!

Also zurück nach Spanien zum Torre. Die Geschichte der Leuchttürme liegt im Dunkel der Jahrtausende und Jahrhunderte. Schon längst vor Christi Geburt gab es im Mittelmeer regen Seehandel und damit auch Leuchtfeuer, um bei widrigem Wetter den Heimathafen zu finden. Jemandem „heimleuchten", vielleicht entstand dieser Ausdruck schon damals! Bereits aus der Antike sind der Koloss von Rhodos und der Pharos von Alexandria überliefert.

Der Atlantik bei La Coruña bietet oft ein besonderes Schauspiel hoher Sturmwellen. In der Nähe des Torre, bei den dortigen Klippen, verunstaltet seit dem Jahre 1992 das zerborstene Wrack eines Öltankers das sonst so schöne und wilde Bild der Küste. Als das auslaufende Öl in Brand geriet, konnten aber selbst diese Flammen dem alten Turm nichts anhaben.

„Im übertragenen Sinn möchte ich ein solcher Leuchtturm werden", sinnierte Reto. Nur wusste der nun Dreiundzwanzigjährige noch nicht so recht, auf welchem Gebiet. Für ein Studium, für die akademische Laufbahn, war es ihm zu spät. Also liessen sich viele Gebiete wie Medizin, Jura und anderes ausschliessen. Eine Sportkanone war er auch nicht. Aber trotzdem glaubte er, dass ihn die Muse geküsst hatte.

Vielleicht als Sänger in Opern und Operretten? Gewiss, er besass eine gute Stimme. Aber ob selbst nach Gesangsunterricht sein Volumen ausreichen würde? Und zudem: Hunderte, vielleicht Tausende, träumen von den Brettern, die die Welt bedeuten. Schriftsteller? Ein bekannter und berühmter Autor werden?

Auch hier träumen weltweit gewiss Unzählige davon, „unsterblich" zu werden. Ist es nicht der Traum von vielen, durch ein Buch zu Glanz und Ruhm, ja, zu Unsterblichkeit zu gelangen. Nicht ein neuer Goethe, Schiller, Shakespeare, nicht mal Alexandre Dumas, nicht mal Sidney Sheldon oder Ken Follett war möglich, das war ihm völlig klar. Aber einfach ein Erfolgsautor der heutigen Zeit zu werden, das wäre schon verlockend.

„Zuvor aber muss man wenigstens einen Teil der zukünftigen Handlungsorte solcher Storys gesehen, erlebt und verinnerlicht haben. Erst dann kann man vermutlich packend schildern", das war Reto klar und darum segelte er endlich um die Welt. „ Mit einem gewiss nicht grossen Budget aus den Provisionen seiner Werbetätigkeit also auf und davon! Für

Fünf-Sterne-Hotels reichte es nicht, auch nicht für First-Class-Flüge um die Welt. Aber dort spielen sich vielleicht auch nicht die vornehmen Szenen ab, in der Welt der sogenannten Reichen und Schönen!"

Und so sass Reto nun am Fuss des Leuchtturms im Galizien und sah auf den Ozean hinaus.

Eigenartig dabei war nur, dass er bereits hier, am Ende Europas, ein Bild ganz deutlich vor sich sah. Sollte ihn dieses das ganze Leben lang verfolgen? Das Bild seines kleinen Dorfes, in dem er aufgewachsen war.

„Donnerwetter nochmals, ist dies vielleicht doch eine Art von Heimweh oder Nostalgie? Was bin ich nur für ein Idiot!" murmelte etwas zornig über sich selbst vor sich hin. „Es nagen also auch bei mir zwei Seelen in der Brust!"

4

In La Coruña hatte Reto insofern Glück, dass er auf einem Frachter der Firma MSC, einer der grössten Reedereien der Welt mit Sitz in Genf, als Schweizer an Bord gehen durfte. In der Kombüse als Hilfskraft arbeitend, war seine Schiffspassage nach Kapstadt eigentlich gratis. Ob dies alles legal ist oder nicht, kümmerte eigentlich weder den Kapitän noch dessen kleine Mannschaft. Wichtig war einzig, dass für einen erkrankten Hilfskoch sofort Ersatz gefunden wurde.

Wieder einmal mehr schaute Reto versonnen beim Auslaufen des mittelgrossen Schiffes auf Galizien und insbesondere auf La Coruña zurück. Diese Stadt hatte wirklich eine besondere Geschichte. 1589 wurde sie von einem englischen Flottenverband angegriffen, aber nicht erobert. Gute 200 Jahre später stritten sich dort Franzosen mit den Engländern. Auch jene Schlacht blieb unentschieden.

„Also alles wieder einmal mehr umsonst; und dabei gab es wohl Tausende von Toten, die einfach für nichts oder dann doch für ein fernes Vaterland ihr Leben dahingeben wollten! Wollten sie wirklich? Nein, sie *mussten!*

Wirklich: Die Menschheit hat wenig aus der Geschichte gelernt!" Mit diesen und anderen Gedanken verabschiedete sich Reto von Spanien und hoffte auf neue Erfahrungen und Erlebnisse in der Traumstadt am Cape Town.

Zu erwähnen ist einfach noch, dass Reto für einen Grossteil der Reise keine grosse Hilfe in der Küche war. Er kotzte sich die Seele aus dem Leib vor lauter Seekrankheit, und beugte sich mehr über die Rehling als über die Kochtöpfe.

Der Zwischenstopp in Coruña erfolgte eigentlich nur durch die akute Erkrankung des Matrosen in der Kombüse des Schiffes. Ein Hubschrauber-Transport direkt vom Schiff ins Krankenhaus war nicht möglich, da der Kahn für derlei Operationen doch zu klein war. Die Route führte also, da Lissabon wegen Coruña „ausgelassen" wurde, weiter über Casablanca, Dakar und Mombasa nach Cape.

Somit hatte Reto also viele Tage Zeit, sich „auszukotzen" und an die See zu gewöhnen. Die Ladung des Schiffes war zum Glück nicht verderblich, und so kam es auf einen oder zwei Tage längere Reise nicht an. Ausgenommen natürlich die Mehrkosten für die Reederei.

Auch die Rückreise dieses Schiffes bis nach Antwerpen mit Öl, Kautschuk und Bananen liess einen Abenteurer sehen, was alles über Tausende von Seemeilen den Weg nach Europa findet. Aber dazu kam Reto nicht, denn er blieb vorerst in Kapstadt hängen. Lassen wir also die näheren Beschreibungen seiner ersten grossen Überseereise. Er kam einfach zum Schluss: „So reise ich nie mehr!" Nie mehr? Es sollte noch schlimmer kommen!

5

Retos Vater interessierte sich wieder für ihn. Stolz zeigte er Ansichtskarten von seinem Sohn aus der weiten Ferne herum. Ihn aber zu erreichen war damals kaum möglich. Telefonverbindungen mit Übersee waren schlecht, und manchmal mit stundenlangen Wartezeiten verbunden. Das Handy-Zeitalter war noch nicht angebrochen.

Immerhin, als dieser eine Postkarte mit einer Hotelansicht von der Waterfront aus Kapstadt erhielt, schrieb er an seinen Sohn zurück. Wenn man bedenkt, dass Schreiben für seinen Vater Schwerstarbeit bedeutete, so glich sein krakeliger handschriftlicher Brief einem Wunder. Reto war aus jenem Hotel bereits wieder abgereist, und zwar nach Port Elizabeth am Indischen Ozean. Er hinterliess aus unerfindlichen Gründen seine neue Anschrift in seiner Herberge in Kapstadt. Und der Mann an der Rezeption, wenn man dieses vornehme Wort für jenes Haus verwenden will, sandte ihm tatsächlich diesen Brief nach.

Auch ohne sich dies einzugestehen, erfreute Reto dieses Lebenszeichen seines Vaters ungemein. Er schrieb zurück und liess durchblicken, dass weiterer Kontakt durchaus erwünscht war und sein kleines Elternhaus im kleinen Dorf von der Ferne aus betrachtet für ihn immer grösser werde.

In Cape Town ereignete sich zuvor etwas, was Reto zur so baldigen Abreise bewog, obschon er noch gerne in jener einfach grossartigen Stadt mit einzigartiger Kulisse und Landschaft geblieben wäre. Er verliebte sich zum ersten Mal richtig! Und diese seine Liebe wurde bitter enttäuscht!

Marleen, so hiess die braunhäutige Schönheit, die mit ihrem tiefgründigen Blick jedes Mannes Herz höher schlagen liess, zeigte ihre Gunst Reto. Sie war sich ihrer erotischen Ausstrahlung voll bewusst. Eigentlich nagten in ihr ähnliche Gefühle und Gedanken wie damals bei Reto: Raus aus dem bisherigen armseligen Leben und ab und davon in die weite Welt.

Anstatt dass nun die beiden zusammen ihre vielleicht etwas utopischen Träume in aller Ruhe zu verwirklichen suchten, war Marleen ziemlich ungeduldig. Sie wollte nicht einfach, wie Reto dies plante, zuvor noch etwas in der Welt herumziehen, und zwar auf etwas einfachem wenn nicht sogar niedrigem Niveau, sondern die steile Karrierentreppe gleich hinaufstürmen.

Als ihr klar wurde, dass Reto dazu nicht die Mittel besass, liess sie ihn fallen und verschwand von einem Tag auf den anderen in den Townships von Kapstadt. Suche mal jemand unter den dortigen Hunderttausenden nach einem wirklich hübschen braunen Mädchen! Erstens gibt es solche dort zuhauf, und zweitens lässt man Reto nur ein einziges Mal fallen. Er bettelte nicht um Liebe. Nein, er musste sich im Zaume halten, dass seine ersten Gefühle nicht in Hass umschlugen.

Er erinnerte sich mit Schaudern und Pochen im Herzen und mit klopfenden Schläfen an ihren letzten Dialog. Alle diese Worte brannten noch in seinem Innersten.

„Komm mit mir, Marleen. Unsere Liebe ist so gross, dass wir zusammen die ganze Welt umarmen werden!"

„Ich will dich umarmen, nicht die Welt, und ich will raus aus meiner Kloake. Ich habe Höheres im Sinn!"

„Was gibt es denn Höheres als unsere Liebe?"

„Liebe kann auch mal in Enttäuschung und Hass umschlagen!" meinte mürrisch Marleen.

„Ich trage dich auf meinen Armen und in meinem Herzen durchs Leben, damit unsere Liebe lodert und bleibt. Du bist für mich einfach mein Alles!"

„Hör doch auf mit diesen abgedroschenen Klischees! Beweise mir deine Liebe, indem du mich in deine Heimat mitnimmst und dort ein erfülltes, interessantes und aufregendes Leben bietest!"

„Gern, aber noch nicht jetzt! Lass uns erst nach Asien gehen und die Wunder dieses geheimnisvollen Kontinents erleben!"

„Ich pfeif auf diese Wunder, ich sehe hier genug Dreck. Meinst du, ich will in Kalkutta oder in Bombay noch mehr Dreck sehen?"

„Ist das dein letztes Wort?" fragte Reto schockiert, als er in die nun plötzlich wütenden Augen seiner Angebeteten blickte. Zum Anbeten sah sie jetzt wirklich nicht mehr aus; eher zum Dreinschlagen!

„Ja, mein allerletztes Wort! Was glaubst du denn, wer du bist? Ich kann an jedem Finger zehn haben, wenn ich will!"

„Dann strecke deiner Finger aus und hau ab!" zürnte Reto, am ganzen Leib zitternd und in der Seele frierend, denn er liebte Marleen wirklich. Aber hier sah

er ein ganz anderes Wesen, das ihn in einer Art er-
nüchterte wie kaum je etwas zuvor in seinem Leben.

Ohne ein Wort, ohne einen Blick, oder doch mit
einem verächtlichen und überheblichen Grinsen,
verschwand sie für immer!

Und dies tat weh, sehr weh! Dieses Weh konnte nur
abflauen, indem ein grosser Hass in ihm entstand.
Aber auch eine unheimliche Leere.

6

Port Elizabeth ist auch ein faszinierender Ort, wenn auch nicht zu vergleichen mit Cape Town. Die Stadt erstreckt sich über sechzehn Kilometer entlang des indischen Ozeans, mit weitläufigen weissen Sandstränden. Port Elizabeth wird auch „The Windy City", die windige Stadt, und „The Friendly City", die freundliche Stadt, genannt. Beides konnte Reto nur allzu gut gebrauchen. Wind, der manches wegwehen sollte, und Freundlichkeit, nachdem zuvor in seinem Innern ein Sturm der Gefühle tobte.

Er sass in einem der günstigsten und billigsten Hotels, natürlich ohne Meersicht. Sein Zimmer war etwas schäbig, aber immerhin einigermassen sauber. Das Essen war zwar kein kulinarischer Höhenflug, aber immerhin geniessbar. In seiner Jugendzeit wurde er ja auch in dieser Hinsicht nie verwöhnt.

Reto schlenderte in der City Hall umher und stöberte gedankenverloren in einem dortigen Flohmarkt. Und was sah er da unter vielem Gerümpel und möglichen

Kostbarkeiten? Ein Ölgemälde vom Matterhorn! Wie dieses hierher kam, war ein Rätsel. Aber das Leben ist voller Rätsel. Gebannt starrte er auf dieses Bild und bekam – Heimweh!?

„Nein, zum Teufel, das darf, das kann nicht sein", lispelte er vor sich hin.

Der Verkäufer sah den jungen Mann interessiert an und meinte zuerst in Afrikaans und dann in Englisch: „Haben Sie Interesse an diesem Bild mit dem eigenartigen Berg?"

„Eigenartiger Berg?", äffte Reto, so gut dies in Englisch ging, den Verkäufer nach. „Das ist einer der berühmtesten Berge der Welt, nämlich das Matterhorn in der Schweiz!"

„Wo ist das, Switzerland?" fragte dieser dumme Kerl ihn doch tatsächlich.

Nun, dieser bekam einen kurzen, aber intensiven Vortrag über ein Land, das man einfach kennen sollte, wenigstens aus der Schule!

„Nix Schule!", meinte der Verkäufer. „Für solches hatten meine Eltern kein Geld. Willst du das Bild?"

„Was soll es kosten? Und woher haben Sie dieses Gemälde?"

Der Mann witterte ein Geschäft, war sich aber wegen Retos schäbigem Äusseren nicht ganz sicher, ob
dieser auch Geld in der Tasche hatte.

„Ich nix weiss, woher das Bild! Aber sehr schöner
Berg, und gut gemalt. Ich muss haben dafür mindestens 200 Rand!"

Hundert Rand bedeuteten in jener Zeit etwa 400
Schweizer Franken.

„Sie sind verrückt", entgegnete Reto. „Wer kauft
Ihnen dieses Bild sonst ab. Sie selbst und mit Ihnen
die meisten anderen kennen diesen Berg ja nicht!
Bleiben Sie also darauf sitzen!" Er wendete sich
halbwegs ab, aber der Flohmarkthändler erzählte
ihm lautstark eine tragische Familiengeschichte, mit
kranker Frau und vielen Kindern, die hungern müssen, und dass er darum schon 150 Rand haben müsse. „Phantasie hat der Mann", lächelte Reto vor sich
hin. „Ob er diesen Helgen wohl gestohlen hat? Aber
was geht mich das an!"

Nach langem Feilschen ergatterte Reto das wirklich
gut getroffene Ölbild ohne Rahmen für läppische 70
Rand, und schalt sich dabei einen Esel. „Was soll ich
mit diesem Bild auf einer Weltumseglung?" Da kam
ihm ein erlösender Gedanke!

„Ich schicke dies meinem Vater in die Schweiz, mit einem lieben Gruss aus Südafrika. „Ob dieses Paket aber wohl je dort ankommt? Macht nichts, ein Versuch ist es wert; und gekostet hat es mich für schweizerische Verhältnisse einen Pappenstiel! Zu Hause zahlt man wohl dafür das Zehnfache!"

Es sei vorweggenommen: Das Bild kam wirklich an und löste riesige Freude und grossen Stolz aus. Wie lange es zu seinem Bestimmungsort brauchte, weiss man nicht so genau, denn im kurzen Begleitbrief von Reto war kein Datum und von den Poststempeln war auch nichts abzulesen. Wie lange das „Kunstwerk" im Zollfreilager herumlag, das wussten auch nur die Götter.

Immerhin: Retos Vater wusste nun, dass sein Sohn wieder mit einem Frachtschiff unterwegs war, und diesmal von Port Elizabeth nach Bombay in Indien. Er platzte darüber nahezu vor Stolz. Als er mit vor Freude zittrigen Händen das Bild an die Wand aufhängte, schlug er sich doch tatsächlich vor Aufregung mit dem Hammer einen Finger blutig.

7

Im Hafen von Port Elizabeth fand Reto tatsächlich wieder einen Frachter mit dem Ziel Bombay. Die Überfahrt war recht stürmisch. Nach dem Sturm der Gefühle erlebte er hier also einen Sturm der Elemente.

Reto hatte mal irgendwo gelesen, je wärmer das Meer, desto heftiger könnten die Stürme sein. Als sich die „Durban", so hiess der rostige Kahn, der sich stolz Frachter nannte, durch die Arabische See, also einen Teil des riesigen Indischen Ozeans pflügte, meinte der Kapitän: „Ich rieche Sturm! Also ihr Landratten: Ab in die Kabine. Hier oben an Deck würdet ihr glatt weggeschwemmt, wenn die ersten Brecher über die Rehling rollen!"

„Wird es wirklich so schlimm?" fragten Reto und sein neuer Begleiter, ein Holländer namens van Belt, der sich auch die Welt anschauen wollte. Dieser konnte sich mit dem Kapitän sogar in Afrikaans unterhalten, denn Holländisch ist dieser Sprache sehr verwandt.

„Schlimmer", brummte der Kapitän. „Ich erwarte Wellen in einer Höhe von etwa zehn Metern!"

„Das gibt es doch nur im Film!", meinten die beiden einzigen Passagiere zum Kapitän.

„Ihr werdet bald einen Horrorfilm erleben, an den ihr euch ein Leben lang erinnern werdet!"

Nun, es begann nach einiger Zeit erst zu schaukeln, dann heulte, nein, tobte der Wind. Es prasselte eine Regenwand hernieder, die jegliche Sicht nahm. Bald wurde der ächzende und stöhnende Kahn hin und hergeworfen wie ein Streichholz. Kaum in einem Wellental verschwunden, dass man glaubte, die Hölle würde ihren Rachen auftun, katapultierte sich der Rostkasten wieder auf einen Wellenkamm, ritt einen Augenblick auf demselben wie ein Vogel, der Selbstmord verüben wollte. Und dann krachte das Schiff in den nächsten Schlund.

Speiübel und grün im Gesicht, fragte Reto seinen Begleiter: „Ist das nun ein Orkan, ein Taifun, ein Hurrikan oder ein Zyklon?"

„Ist mir im Moment egal: Es ist einfach ein höllisches Inferno", erwiderte der Holländer. „In dieser

Gegend nennt man dieses Wüten glaube ich Zyklon. Und ich erinnere mich, dass solche grauenhafte Katastrophen schon Hunderttausende von Opfern gefordert haben. Kommt also auf uns zwei auch nicht mehr an, oder?"

Dann war jede ängstliche Konversation verstummt und wich einen Würgen und Übergeben, als wenn man sich die Seele aus dem Leib kotzen müsste.

Reto gelobte sich nach dem Durchleben dieser Hölle, in der er vor Angst zitterte und wohl auch in die Hosen machte, nie mehr mit einem Schiff zu reisen.

Aber die Billigflieger boten ja nur Destinationen an mit ihren übervollen Kisten, die an ebenfalls übervolle Touristenstände führten. Und auf solches Erleben verzichtete er gerne. Überall eigentlich ein Einheitsbrei, mit etwas gekünsteltem Lokalkolorit. Er aber wollte unter das Volk. Heutzutage sprach vor allem die junge Generation mehr und mehr überall auf der Welt wenigstens ein paar Brocken Englisch, so meinte er.

Wie man sich täuschen kann, wenn man nur hundert Kilometer von der Hauptstadt weg ist, sollte er später erleben.

Der Sturm liess nach Stunden nach! Aber der Magen und die Därme waren derart strapaziert, dass diese weiter rebellierten.

„Ich danke Gott, wenn ich wieder festen Boden unter den Füssen habe", stotterte Reto zu seinem Leidensgenossen van Belt, der sich mit Jan ansprechen liess. „Und ich lasse mich als erstes volllaufen mit einem billigen Schnaps. Jenes Gefühl muss gegen das eben Durchlebte direkt paradiesisch sein!"

„Abgemacht", erwiderte der sehr bleiche Jan. „Die erste Runde geht an mich, die zweite an dich; und dann sehen wir weiter. In Bombay müssen wir aber doch vorsichtig sein mit Selbstgebranntem. Wir haben hier ja nicht überlebt, um uns dort mit billigstem Fusel umzubringen!"

8

Bombay ist das wirtschaftliche Zentrum Indiens, beherbergt inzwischen auch die grösste Filmindustrie der Welt. Sehr zum Leidwesen von Hollywood. Hier ist ein Sammelsurium von Nationen, Religionen, Sprachen, Luftverpestung, ein Verkehrskollaps sondergleichen und mit allem weiteren Unmöglichen vermengt wie wohl kaum sonst irgendwo auf unserem Planeten.

In einer der grössten Metropolitan-Regionen der Welt wimmelt heutzutage ein wahrer Ameisenhaufen von weit über zwanzig Millionen Menschen. Dass dabei das einzelne Individuum richtiggehend untergeht, versteht nur der, der sich in diesem Chaos, das aber doch immer wieder irgendwie funktioniert, wenigstens oberflächlich, schon einmal bewegt hat.

Reto und sein Begleiter aus Holland erlebten hier den berühmten Kulturschock! Und zwar infolge der grausam krassen Unterschiede zwischen verschwenderischem Reichtum und himmelschreiender Armut, was manchmal auf wenige Meter aufeinanderprallt und doch von den meisten gleichmütig hingenommen wird.

Die beiden standen mit offenem Mund vor der grossartigen Fassade des Taj Mahal Palace Hotel, dessen Baustil wohl schon ein wenig auf die früheren Eroberer, die Araber, hinwies. Sie bestaunten den Gateway of India, den die Engländer in der Glanzzeit des British Empire errichteten. Aber dabei mussten sie realisieren, dass mehr als die Hälfte der Bewohner Bombays in den Slums lebten, ohne Wasser, ohne Kanalisation, einem Dutzend und mehr Infektionskrankheiten ausgesetzt. Also eine Zahl von Menschen, die gut und gern die Bevölkerung von Bayern übertraf.

Sie mussten lernen, westliche Denkmuster schleunigst zu begraben. Begraben? Ja, das ist auch wieder eines der Stichworte, das zum Grübeln beiträgt!

Denn auf dem „Malabar Hill" stehen, durch eine Mauer und durch Pflanzen abgeschirmt, die sogenannten „Türme des Schweigens". Ein sonderbarer Geruch, oder war Gestank? beleidigte ihre westlichen Nasen. Eine alte Religionsgemeinschaft bestattet nämlich dort ihre Toten, indem sie die Leichen auf hohe Behälter legen, damit die Geier das Fleisch von den Knochen nagen.

Für die beiden jungen Männer aus Europa war dies mehr als der makaberste Gruselfilm, den sie je erlebt haben. Ein altes Bestattungsritual wurde, so die Geschichte, von Zarathustra eingeführt, um die Verschmutzung der vier Elemente der Erde zu verhindern. Die Schauerstory geht weiter: Man munkelt, dass auf Balkonen, Hausdächern und Gärten in der Umgebung der Türme oft von Geiern fallen gelassenes menschliches Fleisch gefunden würde.

„Da sind ja Frankenstein und Dracula ein honigsüsses Geschichtchen", meinte Reto entsetzt zu Jan. „Komm, lass uns hier abhauen, bevor unser Hirn vor lauter Gruseln, Hitze und Luftfeuchtigkeit zu kochen beginnt. Wir erlauben uns lieber eine weitere Runde mit Schnaps!"

„Alle Probleme immer nur im Alkohol zu ersticken, bringen letztlich auch nichts", meinte der sonst doch so typisch freigeistige und sehr liberale Holländer Jan.

„Nun", erwiderte Reto: „Wir müssen, so glaube ich, einfach von unserem westlich gefärbten Denkmuster wegkommen, um Indien und überhaupt Asien zu begreifen. Ansonsten verzweifeln wir hier! Bei uns stehen das Jetzt und das Individuum im Mittelpunkt des Denkens und Handelns. Lernen wir doch auch von Buddha; er war vor Christus! Als sich bei uns noch die Römer im Namen von Jupiter und die

Germanen im Namen ihres Gottes Donar die Schädel einschlugen, lehrte jener schon seine Weisheiten!"

„Wenn wir aber hier beginnen, über die Weltreligionen zu philosophieren, über Konfuzius, Jesus oder gar auch Mohammed, dann können wir uns gleich für den Rest unseres Lebens in einer indischen Höhle verkriechen oder in den Himalaya zurückziehen", meinte etwas verunsichert Jan. Er war nie ein eifriger Christ, konnte aber das in seiner Jugendzeit erlebte auch in Sachen Religion nie ganz abstreifen.

„Ja", doppelte Reto nach: „Jesus von Nazareth war schliesslich der einzige Religionsgründer, der in jene damals wohl auch verrückte Welt die absolut neue Botschaft der Liebe brachte!"
Wie erstaunt er über seinen spontanen Ausbruch selbst war, wollte er nicht verraten.

Aber der Zufall führte die beiden in irgendeine Ecke von Bombay, die noch nicht von Spekulanten entdeckt und zugepflastert war. In der Nähe des Strandes waren Fische zum Trocknen an der Luft aufgehängt und es stank fürchterlich und penetrant.

Aber was sahen die beiden jungen Männer davor? Tatsächlich, festlich nach indischer Tradition gekleidete Leute am Boden sitzend und irgendeiner religiösen Zeremonie folgend. Es waren Tausende!

Und das Erstaunliche: Es waren wohl anscheinend Christen, die einem weissen Prediger förmlich am Mund hingen, auch wenn dieser in ihre Sprache übersetzt werden musste.

Was war denn hier los? Gibt es denn auch so was in dieser Stadt, in der ja wirklich alles möglich schien? Eigentlich interessant, dass hier keine militanten Hindus störten!

Die beiden setzten sich diskret ebenfalls im Schneidersitz auf den Boden, bis ihnen die Beine einschliefen und alle Knochen schmerzten. Sie verstanden wenig vom Gesprochenen, denn die Mikro- und Lautsprecheranlage war miserabel. Aber die christliche Botschaft der Liebe drang irgendwie durch. Wie führte der Prediger aus? „Nicht eine Erlösung ‚von unten nach oben', wie dies heute populärer wird, nein, eine Erlösung von ‚oben nach unten' sei durch Christus geschaffen worden!"

Jan und Reto verstanden im Augenblick den tieferen Sinn der Worte nicht ganz. Sie waren aber irgendwie berührt durch ein gewisses Charisma, das diese Veranstaltung ausstrahlte, insbesondere eine würdige Feier des Abendmahls. Und dies von Menschen, die in ihrem Leben kaum je eine Perspektive hatten. Vielleicht gerade darum?

Den Namen dieser Kirche vergassen sie leider so schnell, wie sie ihn gehört hatten.

„Aber wirklich: Bombay ist voller Wunder", meinten sie, als sie sich leise davonschlichen. „Die Christen sind hier eine kleine Minderheit, und diese Kirche musste gewiss eine Minderheit in der Minderheit sein!" Ob es diese Gruppe bei ihnen zu Hause auch gibt?

Nun, die künftigen Ereignisse und Erlebnisse deckten diese Fragen bald wieder zu. Oder doch nicht? Denn mit einem kleinen Witz wollte Reto innere Gefühle verdrängen, indem er meinte: „Die Reinkarnationslehre ist vielleicht doch nicht ganz optimal! Stell dir vor, eine künftige Schwiegermutter würde im nächsten Leben als Tiger erscheinen!"

„Ich kenne durchaus Schwiegermütter, die Tigerinnen ähnlich sind", spottete darauf Jan.
Und Reto gab zurück: „Und Schwiegerväter können sich entweder als stolzer Pfau oder dann als Elefant im Porzellanladen reinkarnieren, weil diese meist in ihre Töchter unsterblich verliebt sind!"

Sie spöttelten weiter, wohl aus dem Grund, ihr junges Leben nicht unnötig mit theologischen Fragen zu belasten.

9

Der Subkontinent Indien, auch nach der „Abspaltung" von Pakistan und Bangladesh, ist immer noch ein riesiges Gebilde, ein Staat mit bald 1,2 Milliarden Menschen, mit weit über hundert Sprachen, obwohl die Verfassung nur gerade deren 21 anerkennt. Dies ist eine Welt für sich. Ein Menschenleben allein reicht nicht, um auch nur einen Bruchteil davon zu verstehen, geschweige denn zu begreifen.

Was kümmert es denn zum Beispiel einen Dorfbewohner im Punjab, wie seine Hauptstadt heisst, und ob dort seine gängige Sprache offiziell anerkannt ist! Er weiss ja nicht einmal die wichtigsten Daten über sein Land, seine Regierung, geschweige denn über die Probleme der Welt. Sein Problem ist, ob der Monsun dieses Jahr die Ernte vernichtet, oder ob die Götter wohlgesinnt sind.

Reto und Jan sagten sich, wenn man Indien wenigstens in etwa begreifen oder auch nur erahnen will, so kann man Delhi, die Hauptstadt, im Moment vergessen. „Wir sollten aber von einem Schmelztiegel zum andern reisen, nämlich von Bombay nach Kalkutta", so ratschlagten sie „Aber wie?"

„Niemals mehr mit einem Schiff, und dies dann rund um den Subkontinent. Und mit dem Flugzeug? Eigentlich uninteressant! Also: Wir wagen es mit Busreisen quer durch das riesige Land!" meinten die beiden begeistert, und doch auch etwas verzagt. Was da wohl alles auf sie zukam? „Aber wir wollen doch schliesslich etwas erleben!"

Wie sie nach Kalkutta kamen, innerhalb etwa drei Wochen, in klapprigen, stinkenden, überfüllten Bussen, die alle hundert Kilometer entweder eine Panne oder ein nahezu unüberwindbares Hindernis auf den Strassen durchmachten? Nun, dies gäbe ein gesondertes Buch. Lassen wir das hier. Auch den Bericht von gelegentlichen Überfällen und Diebstahl, von Dreck, Schweiss, Ungeziefer, Hunger und Durst, dem Verrichten der Notdurft in unwürdigen Verhältnissen.

Nein, es gab auch Streckenabschnitte, in denen sie sogar in klimatisierten Vehikeln reisten. Wirklich: Indien ist kein Land, es ist ein Subkontinent, der von einem Kontrast in den andern schleuderte. Aber gerade dies war aufregend, strapaziös und zugleich wohl einmalig in ihrem Leben.

Metropolitan-Kalkutta zählt um die 15 Millionen Menschen. Der Name der Stadt soll aus der Bedeutung „Tor der Göttin Kali" hervorgegangen sein. Also eine Gottheit, die besagt, dass ohne Zerstörung nichts Neues entsteht. Wie ein Hinweis auf Leben und Tod, die miteinander verbunden sind.

„Ist dies wohl die absolute Erleuchtung und Wahrheit?", fragten sich die zwei Weltenbummler. „Nun, ich denke, es gibt mindestens Alternativen", meinte Reto. „Aber lassen wir das; soweit waren wir eigentlich schon in Bombay!"

„Nein", meinte Jan entschieden: „Es gibt wirklich Alternativen! Denk nur mal an Mutter Theresa, eine Nonne aus Skopje im heutigen Jugoslawien, die das Thema Nächstenliebe hier in diesem Gewimmel unter Lepra-Kranken und Verhungernden nicht einfach predigt, sondern praktiziert!"

„Ja, ich hab von ihr gelesen", erwiderte Reto. „Aber selbst sie ist nicht unumstritten! Wenden wir uns also wieder einmal, um nicht gänzlich konfus zu werden, der indischen Küche zu. Und dies, solange wir noch ein paar Kröten, sprich Rupien, in der Tasche haben!"

Die indische Küche! Mancher kommt dabei ins Schwärmen, und andere rümpfen die Nase. Was alle zu kennen glauben, ist der Begriff „Curry". Jedoch allein dieser ist für sich eine kleine Wissenschaft. Hindus sind meist Vegetarier. So sind Gemüse und Gewürze relativ billig, vielfältig und grossartig gekocht, auch für den Armen noch einigermassen erschwinglich.

Reto und Jan liessen sich also in einer der unzähligen kleinen Kneipen nieder, unfähig, die Gerichte zu definieren. Das Wort Speisekarte hatte man hier sowieso noch nie gehört. Teils schmeckte es, teils überraschte es, und zum Teil schluckte man einfach alles tapfer hinunter, denn der Magen knurrte schon lange!

Die beiden wurden als Ausländer erkannt. Keine Verständigung in irgendeiner Sprache, eigenartige Essgewohnheiten, fremde Gesichter: Na, wer fällt denn da nicht auf. Der gerissene kleine Imbissbuden-Besitzer witterte ein Geschäft und lockte die beiden mit heftiger und eifriger Gestik und Mimik in einen anschliessenden Raum, „in dem es wohl die Geheimnisse von ‚Aladin mit der Wunderlampe' zu ergründen gibt", meinte Reto, etwas unsicher lächelnd.

„Aladin und seine Märchen stammen zwar von den Arabern ab; aber diese waren ja auch hier", erwiderte Jan. Und die Neugierde überwog die Vorsicht der beiden.

Wirklich: Die Araber hinterliessen hier vor Jahrhunderten das Rauchen der Wasserpfeife. Das musste man doch auch mal ausprobiert haben. Aber was da hier in dieser Kaschemme dem Tabak oder dann dem Wasser beigemengt war, dafür konnten die Araber wirklich nichts.

Reto und Jan wurde es speiübel, sie hatten Halluzinationen, fielen in einen unruhigen Schlaf, wurden ausgeraubt und auf offener Strasse liegen gelassen. Geld weg, Armbanduhr weg, alles weg!

Und Mutter Teresa oder eine ihrer Helferinnen kamen hier nicht vorbei. Darum fragten sich die beiden völlig Hilflosen und von grausamen Kopfschmerzen Geplagten, ob es hier in Kalkutta wohl ein schweizerisches und holländisches Konsulat geben würde, zu dem sie sich durchschleppen konnten.

10

Tatsächlich, es gibt ein Schweizer Konsulat in Kalkutta, an der 113 Park Street. Reto war wieder einmal ein ganz klein wenig stolz auf seine kleine Heimat, die selbst hier vertreten ist. Aber wie um Himmels Willen in dieser Riesenstadt ohne Geld, ohne Uhr, ohne alles und mit einem knurrenden Magen und einem stechenden Hungergefühl dorthin kommen?

Irgendwie schafften es die beiden. Sie klauten einem tobenden Obsthändler ein paar Früchte und verschwanden damit in der brodelnden Menge. So konnten sie den ärgsten Hunger stillen. Halb oder ganz kaputt, wie Vagabunden, erreichten sie die recht noble Park Street. Erst das Schweizerdeutsch von Reto veranlasste den Wächter an der Pforte, die beiden überhaupt einzulassen, nachdem dieser natürlich zuvor telefoniert hatte. Der Konsul selbst hatte selbstverständlich im Moment keine Zeit! Vermutlich wollten viele Inder ein Visum, oder aber, er war bei irgendeinem Champagner-Empfang voll beschäftigt. Man will doch mit dem kommenden Wirtschaftsriesen auf gutem Fuss stehen und Geschäfte anbahnen.

Irgendein erster oder zweiter Sekretär liess die beiden nach langem Warten in sein Büro eintreten, musterte sie aber ziemlich missbilligend. Und: was hing denn da an der Wand? Tatsächlich schon wieder ein Bild vom Matterhorn!

„Nur kein Heimweh aufkommen lassen", gelobte sich Reto. Aber das war vergeblich. Verträumt guckte er auf das Bild, bis ihn der Konsulatangestellte aus dem Träumen riss mit der Frage:

„Kennen Sie diesen Berg? Und überhaupt, was wollen Sie? Kann ich etwas für Sie tun?" Offenbar bereitete es dem Mann erhebliche Mühe, solch freundliche Fragen zu stellen.

„Und wie ich diesen Berg kenne! Einer der berühmtesten Berge der Welt, obschon längst nicht einer der höchsten. Aber er ist ein Symbol für meine Heimat!"

So viel Patriotismus brachte Jan aus Holland zum Staunen. Oder spielte sein Freund bewusst etwas Theater? Die beiden erzählten nun ihre Story, und kamen sich dabei wirklich naiv und dümmlich vor. Sie bemerkten auch, dass der Herr Sekretär ihnen ziemlich gelangweilt zuhörte. „Ist schon zu verstehen, denn wie viele Geschichten musste sich dieser wohl von gestrandeten Existenzen anhören", verteidigte Reto sein Land gegenüber Jan.

„Gegenüber mir musst du doch keine Show abziehen", lächelte dieser seinen Reisegefährten an, was dieser nicht ganz goutierte.

Reto erhielt einen provisorischen Notpass; und dies nach endlosen Abklärungen mit dem Auswärtigen Amt in Bern. Ein Bündel Rupien, einen Schwall von Ermahnungen, und den Hinweis, dass Jan zum niederländischen Konsulat gehen müsse, um dort Hilfe zu erlangen. „Wir können ja wirklich nicht für die ganze Welt zur Verfügung stehen", meinte der sehr hilfreiche Herr.

„Natürlich", erwiderte Jan, „Holland und die Schweiz sind ja eine ganz Flugstunde voneinander entfernt. Das ist wirklich eine halbe Welt!"

„Werden Sie bitte nicht unhöflich", war der Abschiedsgruss der Vertretung des Landes, das sich rühmt, Begründer des Roten Kreuzes zu sein. Nein, der Gerechtigkeit halber sei noch erwähnt, dass Reto eine kurze Nachricht für seinen Vater in der Schweiz hinterliess, mit der Bitte, ihm diese zukommen zu lassen, mit Diplomatenpost natürlich. Und in diesem Brief schwang die Bitte mit, ob sein Vater auf eine Schweizer Grossbankfiliale in Kalkutta nicht wenigstens einen kleinen Betrag überweisen könne; für den Heimweg natürlich!

Ähnliches spielte sich dann im niederländischen Konsulat ab. Nur dass dort an Bildern nicht das Matterhorn zu bestaunen war, sondern natürlich ein Tulpenfeld und der Käsemarkt in Alkmaar.

„Also: Auf zu neuen Taten! So sagte doch damals der Geistliche auf dem Feld in Bombay"! meinte Reto zu Jan.

Eigenartig, dass sie sich wieder daran erinnerten. „Muss wohl doch irgendwo und irgendwie in der Bibel stehen! Und schaden würde es wohl auch nicht, mal darin zu lesen! Aber hier in Kalkutta gibt es doch wohl kaum eine Bibel!" trösteten sich die beiden.

11

Sie schlenderten auch durch einen der unzähligen Slums der Stadt, mit ihren Behausungen aus Wellblech, Karton, Lumpen und weiss nicht was allem. Es war trotz der bedrückenden Armut, die einem überall ins Gesicht starrte, besonders wenn man das Treiben mit westlichen Augen sieht, ein faszinierendes Erleben.

Da wurden Menschen einige Meter vom ausgeleierten Gleis einer ratternden Strassenbahn geboren, kein Arzt und keine Medizin weit und breit, keine Elektrizität, kein sauberes Wasser. Eigentlich eine Kloake. Und diese Menschen starben eines Tages am gleichen Fleck, ohne genau gewusst zu haben, warum sie lebten. Wenn sie Glück hatten, wurden sie vierzig oder fünfzig Jahre alt!

„Und doch", so sagten sich Reto und Jan, „eigentlich sind hier die meisten zufrieden, zeigen sogar eine gewisse Würde, ein Leidensvermögen, ein Ruhen in ihrem jeweiligen Glauben, dass man beschämt in sich selbst blicken muss." Sie erlebten eine ganz andere Lebensauffassung. Man lebt hier nicht im Gestern und im Morgen, sondern im Heute!

Wie lange dauert dies wohl noch? Denn langsam kommen die Massenmedien, wenn auch spärlich, selbst in solche Hütten. Sie staunten, ab und zu bereits die ersten TV-Apparate zu sehen, die natürlich zu Hause längst auf dem Müll gelandet oder entsorgt wären.

Sie sass vor ihrer Hütte und wusch im wirklich braunen Wasser ein paar Fetzen Stoff. Wunderbarerweise war der kleidsame hellblaue Sari mit einer Schmuckborde aus goldenen Sternen, der anmutig ihren schlanken Körper zauberhaft zur Geltung brachte, blitzsauber. Ein Sari ist wirklich eines der schönsten Kleidungsstücke, das eine Frau überhaupt tragen kann. Bestehend aus einem Tuch oder einer Stoffbahn von fünf oder mehr Metern, kunstvoll umgebunden, konnte dieser jede Frau zu einer Prinzessin machen.

„Wie ist so etwas nur möglich, bei dieser braunen Brühe und praktisch ohne zivilisierte Waschmittel?", fragte sich Reto. Aber das war nur eine Nebenfrage. Seine Hauptfrage war:

„Wie ist dein Name?" Und siehe da, oh Glück der Götter: Dieses wunderbare Wesen verstand etwas Englisch!

„My name is Akuti, das heisst Prinzessin", lächelte sie ihm zu!

Ihre Blicke trafen sich, wie von einem unsichtbaren Magneten angezogen. Zuerst war es nur ein warmes Funkeln. Dann wurde es ein heller Blitz der Erleuchtung. Nein, noch mehr: Eine kleine Explosion des gegenseitigen Verstehens, der Sympathie, eine Ahnung künftiger tiefer Liebe; obschon sie sich erst vor wenigen Sekunden begegneten. Beide wussten eigentlich, dass sie auf diesen Augenblick immer gewartet hatten und nun ein neues Leben begann. Ja, das kann sehr kitschig klingen. Aber entgegen aller nüchternen Analysen: So etwas gibt es selten, aber es geschieht!

Mitten im tristen Alltag der Erbärmlichkeit hatten beide eine Vorahnung einer gewissen Erhabenheit! Aus der Kloake in die Würde! Nur sollte jemand genau definieren können, was wirklich eine Kloake und was wirklich Würde ist. Man sieht Würden, die sind eine einzige Kloake. Und man sieht erbärmliche Armut, die eine Würde ausstrahlt!

Jan verfolgte das Weitere etwas konsterniert. Er merkte bald, dass hier etwas Entscheidendes eintrat, das ihre Zukunft wohl total veränderte. Er zog sich darum diskret und still zurück in ihre gemeinsame bescheidene Herberge. „Ich warte dort auf dich!", meinte er etwas enttäuscht zu seinem Freund Reto.

Und dieser trat mit Akuti, wirklich einer wahren Prinzessin, in einen Wortwechsel, in dem weniger gesprochene Worte eine Rolle spielten als vielmehr Blicke, Gestik und Gefühle.

Er war ein sogenannter Papierchrist. Und sie? Oh Wunder: Sie war eine gläubige Christin!
Er war Realist und manchmal vielleicht auch etwas Nihilist. Und sie? Lebensbejahend und freudig; mitten in dieser tristen Welt!

Es stellte sich heraus, was sie aber gemeinsam waren: Suchende nach dem wahren Glück und dem tiefen Sinn des Lebens! „Wäre es nicht ein Geschenk Gottes, diese Suche künftig gemeinsam zu gestalten?", so fragte sich Reto, obschon er diese Gedanken kaum richtig ins Englische übersetzen konnte, das Akuti wirklich recht gut beherrschte. „Wo und wann nur hat sie dies gelernt?" Dies würde nicht die einzige Frage sein, die sich Reto stellte bei seinem Glücksgefühl sondergleichen, wenn er an Akuti dachte. Und es gab praktisch keinen Augenblick mehr in seinen Gedanken, ohne dass *sie* diese völlig ausfüllte!

Sie verabredeten sich zu einem baldigen Treffen bei einem Italiener. Solche Restaurants gab es inzwischen auch in Kalkutta. Vorsorglich nicht allzu weit weg von Akuti, denn wer wusste schon, was deren Eltern, ja, der ganze Clan, zu so einem Vorhaben

sagen. Dies könnte ja das ganze bisherige bescheidene Leben aller völlig durcheinanderwerfen!

12

Jan wartete sehr betrübt in der kleinen Pension auf seinen Freund Reto. Und er musste wirklich lange warten! Dies steigerte seine Betrübnis; nein, besser gesagt seine Enttäuschung, ja, sogar seinen Groll!

Als dieser endlich eintraf, mit einem Gesichtsausdruck, als wenn er von einem anderen Stern käme, meinte Jan: „Das ist nun wohl das Ende einer schönen Freundschaft!"

„Aber, um Himmels willen, warum denn?", meinte Reto, aber innerlich total unsicher, aufgewühlt und eigentümlich abwesend.

„Mach mir und dir doch nichts vor! Du hast die grosse Liebe deines Lebens gefunden. Wie immer alles weiter geht, für eine Freundschaft wie bisher ist da kein Platz mehr vorhanden!"

„Lass es uns doch versuchen!" protestierte Reto, aber ziemlich lau. Und genau dies befürchtete und bemerkte Jan. „Schlafen wir darüber und sehen wir weiter! Ich will dir nicht im Wege stehen!"

Dass auch Jan von der Ausstrahlung Akutis gefangen war, ja, vielleicht sogar noch mehr, das bemerkte Reto in seiner blinden Verliebtheit nicht.

Die Pizzeria, in der er und Akuti sich am nächsten Tag trafen, hätte jeden echten Italiener zur Verzweiflung gebracht. Die niedrigen Preise übrigens auch! Aber für die zwei Verliebten war dies der schönste und beste Gourmet-Tempel der Welt.

„Akuti sitzt vielleicht zum ersten Mal im Leben an einem solchen Ort", dachte Reto. Aber diese setzte sich mit einer erstaunlichen Selbstsicherheit auf einen der billigen Plastikstühle und benahm sich so, als wenn dies hier für sie Alltag wäre.

„Welche Geheimnisse gehen nur in diesem wunderschönen Kopf vor, und was wollen diese unergründlichen Augen sagen?" sinnierte Reto und bestellte für beide eine Pizza mit Käse und Salami. Akuti war Christin, da würde sie wohl Salami essen dürfen!

Und wie sie ass! Man sah, dass sie nicht nur Appetit, sondern Hunger hatte. Eine Cola, Made in India, schmeckte ihr offenbar auch. Reto war richtig verzaubert von diesem sanften und doch so selbstbewussten Wesen.

„Wie von einem anderen Stern", sinnierte er. Sinnigerweise dachte Jan genau dasselbe über Reto, als dieser gestern aus den Slums zurückkehrte.

Das Gespräch war zunächst etwas stockend und abtastend. Beider Augen sprachen mehr als der Mund. „Diese Augen! Man kann sie nicht richtig beschreiben. Aber man kann in ihnen ertrinken, vor lauter Zuneigung, nein: Liebe!"

Als Reto Akuti wieder zu Hause bei ihrer schäbigen Behausung absetzte, mit der Zusage, sich so bald wie möglich wieder zu sehen, war es ihm, ob ein Stück aus seiner Seele gerissen würde. „So etwas gibt es doch nur in Opern und Filmen oder sogar in kitschiger Literatur", rätselte Reto. „Aber nein: Das gibt es wirklich! Vermutlich selten, aber ich erlebe jetzt – und wenn es kitschig tönt: Es gibt die Liebe auf den ersten Blick. Auch wenn andere darüber lachen. Ich könnte vor Glück und Freude weinen!"

Zum Abschied strich er ihr ganz sachte über die Wangen. Sie zu küssen, wagte er nicht, noch nicht. Er wollte sie nicht erschrecken. Aber auf dem Heimweg schimpfte er sich einen Trottel. „Wenn ich sie geküsst hätte, so würde ihr Duft mit mir ziehen!" Nun, dieser zog auch so mit ihm und betörte ihn die ganze Nacht.

Die Blicke der Angehörigen waren forschend, ja, sogar freundlich. Und doch meinte Reto in den Augen der Eltern ein gewisses Misstrauen zu finden. „Eigentlich normal", fand er. „Schliesslich komme ich für diese Leute aus einer anderen Kultur und aus einer anderen Welt!"

Als er den wohl bettelarmen Leuten ein paar Rupien dalassen wollte, um Essbares zu kaufen, merkte er ihren verletzten Stolz und schob verlegen die zerknitterten und schmuddeligen Geldscheine wieder in seine Tasche.

„Darf ich Sie alle auch einmal zu einer Pizza einladen?" fragte er, vorsichtig geworden. Eine bedächtige Zustimmung der Eltern und Akutis einzigem Bruder gab ihm einen freudigen Schub auf seinem Weg zurück zu Jan, der heute noch länger auf Reto warten musste.

13

Bei einer Nachfrage in der Filiale der Schweizer Bank in Kalkutta erfuhr Reto, dass sein Vater ihm tatsächlich einen Geldbetrag überwiesen hatte. Für europäische Begriffe war es ein fast lächerlicher Betrag von 1'000 Dollar. Für dortige Begriffe aber ist dies ein kleines oder sogar mittleres Vermögen. Und Reto wusste, dass für seinen Vater dies ebenfalls ein kleines Vermögen darstellte. „Er muss mich also doch etwas lieben, denn in Sachen Geld ist er einer der knauserigsten Dorfbewohner!"

Als Reto bei der Bank diese Überweisung einsteckte, mit einem Gefühl, damit die halbe Zukunft gesichert zu haben, merkte er, unangenehm berührt, dass er für die dortigen Angestellten wirklich nur ein kleiner und unbedeutender Fisch war.

„Diese verdammte Überheblichkeit der Westler, vor allem in Sachen Geld!" wütete er innerlich. „Hier zählen wirklich andere Werte!" War er soeben innerlich umgewandelt? Früher dachte er ja auch meistens in „westlichen Dimensionen".

Reto plante, noch einen Sprung nach China zu machen, dem „Reich der Mitte", das schon Hochkulturen kannte, als die Leute bei ihm zu Hause noch in Fellen herumliefen. Zog wohl Jan mit ihm? „Nein: Die Frage ist vor allem: Zieht Akuti mit mir?" Er wollte langsam und behutsam vorgehen.

„Ich will einfach noch etwas mehr asiatische Luft schnuppern, bis ich wieder heimziehe; aber heim nur mit Akuti. Denn nur dort, wo sie weilt und die Luft atmet, dort ist auch mein Zuhause!"

14

Akuti und Reto redeten stundenlang und für die beiden natürlich über die wichtigsten Dinge der Welt. Plötzlich fragte er seine Prinzessin wie einer Eingebung folgend: „Was würdest du tun, wenn ich dich mal betrüge?"

„Dann bring ich dich um!" kam ohne zu Zögern die Antwort. „In Indien kennen wir dafür Mittel und Wege, die westliche Kriminalisten nicht für möglich halten!"

„Und das ist deine wahre Liebe zu mir?" fragte Reto, nun doch etwas entsetzt.

„Ja, das ist echte und wahre Liebe. Sonst wäre es mir ja gleichgültig! Und Gleichgültigkeit, so lehrte uns damals in Bombay unser grosser Prediger, das ist, wenn zwei völlig verschiedene Dinge jemandem gleich viel gültig werden und die gleiche Gültigkeit haben!"

„Du warst damals in Bombay dabei? Dort, wo sich die Tausende zu einer Predigt versammelten unter freiem Himmel? Dort wo es von getrocknetem Fisch zum Himmel stank?" rief nun Reto, völlig aus der Verfassung gebracht.

„Ja, und als ich dich sah, liebte ich dich vom ersten Augenblick an! Ich betete zu Jesus, zu Shiva, zu Brahma und vielen weiteren, dass wir uns wiedersehen! Und meine Gebete wurden erhört! Übrigens: Unser grosser Prediger kommt aus deinem Land, der Schweiz; darum sprach er Deutsch, deine Sprache! Und vom Gestank der Fische habe ich nichts bemerkt. Ich sah nur ihn und dich!"

„Kennst du diesen Mann?" fragte Reto etwas aufgebracht.

„Nein", gewiss nicht persönlich! Aber er ist für uns eine Art Fels im Leben, wie bei euch in der Schweiz der berühmte Berg, das Matterhorn!"

Jetzt platzte es aus Reto heraus: „Woher weißt denn du etwas vom Matterhorn?" Und schon wieder schoss ein Pfeil in sein Herz mit dem Namen „Heimweh"!

„Ist doch wirklich blöd", murmelte er zu sich selbst. „Da sehnt man sich nach der Weite. Und überall lächelt einem verführerisch die alte Heimat zu. Falsche Erziehung? Falsche Wirkung falscher Gene? Weiss der Teufel!"

„Woher hattest du denn das Geld für die weite Reise? Und sag mal: Woher kennst du solch komplizierte Wörter in Englisch wie ‚Gleichgültigkeit'?"

„Mein Geliebter: Das sind Geheimnisse der Slums von Kalkutta, die ihr nie verstehen werdet; und die ich auch nicht ausplaudern werde! Die Slums sind und bleiben voller Geheimnisse. Sonst könnte man dort nicht überleben!"

„Als Reto wieder einmal voller Staunen in ihre rätselhaften und wundervollen warmen Augen sah, wusste er, dass auch er, wie viele andere zuvor, niemals alle Geheimnisse Indiens ergründen konnte. Natürlich schossen in seiner Phantasie ein Dutzend Ideen durch seinen Kopf. Aber er fragte aus Taktgefühl nicht weiter. Doch, eine Frage drängte sich ihm noch auf, weil eine gewisse dumme Eifersucht in ihm nagte.

„Da sagst, keine stinkenden Fische bemerkt zu haben, sondern nur *ihn und mich!* Sag mal: Wer ist dir nun mehr wert? Er oder ich?"

„Du bist eifersüchtig? Das freut mich! Aber er ist ein Mann, der im Namen Jesu wirkt, und du bist der

Mann, den ich liebe! Das hat doch miteinander nichts zu tun, du Dummkopf!"

„Dummkopf", dachte Reto! „Schon wieder so ein Wort und ein Begriff, den sie in Englisch kannte. Woher denn nur?" Aber er hätte sich wirklich als Dummkopf gefühlt, in solchen Dingen weiter zu fragen und zu bohren.

„Gibt es tatsächlich eine Art Vorsehung? Oder ist alles einfach ein glücklicher Zufall?" Fragen über Fragen stellte sich der Verliebte. Es bohrte wirklich weiter in ihm, woher Akuti ihr Wissen besass, dass sie auch lesen und sogar schreiben konnte. „Gab es dort in den unergründlichen und unübersehbaren Hütten der Slums eine Art Missionsschule? Oder wurde sie zur Beschaffung von Geld sogar zur Prostitution gezwungen? Existiert eine Art Mafia der Slums, die Geld beschaffen kann, selbst dort, wo kaum Geld vorhanden ist? Zum Teufel auch: Schluss!", gelobte sich Reto, „sonst werde ich noch verrückt!"

„Nur eines noch, mein Engel, fragte er doch noch: „Du betest zu Christus, zu Shiva, zu Vishum und weiss nicht wer allem! Bist du nun Christin oder nicht?"

„Ihr kennt doch auch die Dreieinigkeit!" antwortete Akuti schlagfertig. „Ihr sagt doch auch: Es sind drei, und die drei sind eins!"

„Ich gebe mich geschlagen, wie immer!" meinte Reto, und staunte einmal mehr über seine Akuti.

15

Jan zog sich mehr und mehr zurück. Und Reto war darüber nicht mal unglücklich! „Ich weiss, das ist gemein von mir! Aber Freundschaft ist schön und wertvoll; Liebe aber ist das Paradies, nein, sogar der Himmel!"

Retos Gedanken, wenigstens einmal in seinem Leben China erlebt zu haben, beschäftigte, ja, betäubte ihn aber weiterhin wie eine Droge. Mit für westliche Begriffe unendlich langen Gesprächen, soweit diese infolge der Sprachbarrieren überhaupt möglich waren, überzeugte er Akutis Eltern und Verwandten , dass sie mit ihm ziehen und damit wohl alle bisherigen Brücken hinter sich abreissen wolle. Bei Jan musste er keine Überzeugungsarbeit mehr leisten, denn mit wirklich bewegter Stimme verabschiedete er sich bald einmal mit „Tot ziens" und „Dank u well", also „Vielen Dank und auf Wiedersehen!

„Wenn wir beide eines Tages zurück in der Heimat-
sind, treffen wir uns entweder bei den Tulpen in
Holland oder beim Matterhorn in der Schweiz!"

„Hör doch auf mit deinen blöden Klischees über
unsere Länder!" meinte Jan trocken. Er lächelte
doch leise zum Abschied und meinte: Sei lieb zu
deiner Akuti! Wenn nicht, so komme ich in die
Schweiz und bringe dich um!" Und dann war er
plötzlich verschwunden!

„Ob Akuti Jan wohl auch etwas in ihren Bann gezo-
gen hat?" grübelte Reto. „Wen denn nicht!" Aber zu
solchen Überlegungen war jetzt keine Zeit. Sie hatten ein Visum für China erhalten und wollten auf-
brechen zu neuen Ufern.

Reto zog es nicht nach Peking. Auch nicht nach
Shanghai, geschweige denn nach Hongkong. Ihn zog
es nach Guangzhou, dem ehemaligen Kanton. Die
modernen   kommunistisch-kapitalistisch-westlich
geprägten Städte Chinas reizten ihn nicht. Nein, er
wollte wenigstens einmal im Leben das typische
China erleben.

Aber was ist denn für China typisch? Hundert oder
tausend Dinge? Wer kann dieses Riesenreich und
das grösste Volk der Erde überhaupt verstehen, er-
fassen und begreifen?

Nun, Guangzhou war nicht weit weg hinter tausenden von Kilometern im Landesinnern, und vielleicht doch noch etwas ursprünglich geblieben. Aber die Nähe zu Hongkong und der wirtschaftliche Einfluss war sogar hier bereits etwas zu spüren und veränderte vieles. Ein Stadtgebiet mit heute gegen zehn Millionen Menschen ist auch nicht mehr das, was es einmal war. Es wird angenommen, dass diese Gegend schon neunhundert Jahre vor Christus besiedelt war. Inzwischen dringt die Moderne aber auch nach hier.

Ein Wort zur Küche! Es heisst, die Kantonesen essen alles, was schwimmt, fliegt oder vier Beine hat, ausser Unterseeboote, Flugzeuge und Tische! Nun, das ist für Europäer meist doch sehr gewöhnungsbedürftig!

Die öffentlichen Verkehrsmittel sind hier das günstigste Transportmittel. Reto und Akuti machten davon auch regen Gebrauch. In keinem Reiseführer ist aber wohl expliziert erwähnt, dass hier auch die Kriminalität sehr zugenommen hat. Und wer Bekanntschaft macht mit den chinesischen Triaden, der weiss, dass die Mafia aller Couleur dagegen eigentlich brave Chorknaben sind.

Reto und Akuti sahen zwar nicht aus wie ein lohnendes Objekt. Oder doch? Ja, denn da ist die unvergleichliche Anmut und Schönheit von Akuti nicht zu vergessen. Die beiden in ihrer Naivität dachten in dieser Hinsicht gar nicht an eine Bedrohung!

16

Wie kommt man denn in diesen wahrhaft riesigen Gebieten von Indien und China kostengünstig von Kalkutta nach Guangzhou? Und dies mit etwa tausend Dollar und zu zweit; und so, dass nach der Reise überhaupt noch etwas übrig bleibt? Ganz einfach: Mit Bus, mit Bahn oder dann per Autostopp oder zu Fuss! Gewiss, alles andere als komfortabel, aber preiswert. Sicher auch verbunden mit Strapazen und Gefahren.

Oft war die Reise an der Grenze dessen, was man aushalten und ertragen kann. Dies alles tat aber ihrer Liebe keinen Abbruch. Im Gegenteil: Es schweisste Reto und Akuti noch viel näher zusammen. Wie lange die Reise dauerte? Eigentlich wussten sie es nicht genau. Was spielen in diesen unendlichen Regionen denn Uhr und Kalender für eine Rolle?

Reto und Akuti sahen aus dem Fenster ihres wirklich bescheidenen Hotels in Kanton auf das Gewimmel in den Strassen. „Warum tue ich mir dies alles eigentlich an? Vor allem: Warum tue ich dies meiner Prinzessin Akuti an?", fragte sich in diesen Momenten Reto.

„Langsam sollte ich doch genug haben von meinem Tramper-Dasein, nach Hause eilen und festen Wohnsitz nehmen und vor allem dort Akuti echt glücklich werden lassen!"

Die Eindrücke von Kanton, dem heutigen Guangzhou, waren vielfältig. Es war schwül, feucht und heiss; die Luft war zum „Abschneiden". Man konnte kaum atmen! Unglaubliche Menschenmassen strömten die Strassen auf und nieder. Man glaubt, dass Zehntausende zu Fuss oder auf Fahrrädern, neuerdings sogar einige mit Autos unterwegs sind. Ein Gewühl wie ein Ameisenhaufen, nur dass ein solcher vielleicht „organisierter" war als all das hier.

„Was geht nur in all den Köpfen und Herzen dieser Menschen vor?", meinte Reto zu seiner Akuti.

Diese lächelte ihn weise und leise an und meinte: „Vielleicht ähnliches wie bei uns! Die Suche nach Glück, Erfüllung; der Wunsch nach Gesundheit, Wohlergehen; Sehnsucht nach wahrer Liebe!"

„Und dann gehen sie nach Hause und machen trotz des Gewühls noch weitere Kinder!" meinte Reto, etwas bedrückt und sehr nachdenklich. „Wo ergibt es hier einen Sinn und ein Ende?"

„Wenn wir ein Paar werden, willst du dann keine Kinder?" meinte Akuti.

„Natürlich! Aber das ist doch etwas ganz anderes! Hier wimmelt es vom Menschen ohne Perspektive. Bei mir zu Hause haben wir ein Volk von etwa sieben Millionen!"

„Wie ich weiss, ist die Schweiz aber auch viel kleiner! Und hier ist von Gesetzes wegen nur ein Kind erlaubt!"

„Glaubst du, dass dies den kleinen Bauer weit weg von Peking kümmert; und dass dies dort kontrolliert wird? Übrigens: Woher weißt Du denn alle diese Dinge? Du bist einfach voller Geheimnisse!"

„Du wirst bis ans Ende deiner Tage nicht alle Geheimnisse von mir ergründen können! Und das soll dazu dienen, dass ich selbst für dich nie langweilig werde! Wenn wir einmal zusammen vor dem Matterhorn stehen, erkläre ich dir manches, was du heute noch nicht verstehst!"

„Matterhorn?!" Bei diesem Wort zuckte Reto wieder zusammen. „Woher nur kennst du diesen Begriff?"

„Haltet uns doch bitte nicht für dumm, nur weil wir in den Slums aufgewachsen sind, mein Liebster! Unser Hirn ist wie ein Schwamm und saugt alles auf, was wir irgendwie ergattern können. Und ihr im Westen seid überfüttert von den vielen Nachrichten aus aller Welt, dass ihr für viele Dinge abgestumpft seid!"

„Ich staune, und ich bete zu Gott, dass du bei mir bleibst, auch wenn du in den überfütterten Westen kommst!"

„Reto: Ich liebe nur einmal, aber umfassend!"

„Zu Hause wäre dies Kitsch", dachte Rcto! „Aber hier ist dies Seligkeit! Matterhorn! Schon wieder! Ich will nach Hause, mit dem grössten, was ich auf dieser Welt gefunden habe; mit meiner Akuti! Vielleicht bin ich nur wegen ihr auf Weltreise gegangen! Ist das wieder Kitsch? Nein, das ist Erfüllung!"

17

Retos Vater in seinem kleinen Dorf starb. Zwar friedlich, aber ziemlich einsam! Bis Reto davon Nachricht erhielt im fernen China, war die Beerdigung längst vorbei. Wieder einmal weinte Reto, wenn auch nicht so heftig wie damals beim Tod seiner Mutter. Aber immerhin: Er trug echte Trauer. Dass ihn die Nachricht vom Tod seines Vaters hier erreichte, verdankte er einer weiteren Ansichtskarte aus Kanton, die relativ schnell in der Schweiz ankam. Auf allen seinen Postkarten vermerkte Reto immer wieder seine neue Anschrift. Der Wunsch, nach Hause zu ziehen, wurde allmählich ein Sehnen.

Aber dieses wurde auf grausame Weise ganz abrupt unterbrochen. Akuti wurde entführt und dies mitten auf einem Marktplatz der Stadt, am helllichten Tag. Handlanger der Triaden, denen Akutis indische Anmut und Schönheit aufgefallen war, brauchten „Nachschub" für die Häuser im Rotlichtmilieu der Stadt, die, bedingt durch den wachsenden Wohlstand gewisser Schichten und durch Touristenschwärme wie Pilze aus dem Boden schiessen.

Da war Exotik in allen Schattierungen gefragt. Hübsche Schwarze aus Afrika, feurige Mädchen aus dem Ostblock Europas oder gar aus Südamerika und natürlich auch anmutige Wesen aus Indien: Alles war gefragt! Was sind denn die zwei ältesten Gewerbe der Menschen? Das Bankwesen und käuflicher Sex! Und zwar in alle Arten und Abarten!

Was daran abartig sei, wollen hier vielleicht einige wissen, um gleich darauf herumzuhacken. Ganz einfach: Alles, was erzwungen wird!

Reto ging nach der schrecklichen Erkenntnis, dass seine Akuti geraubt wurde, durch ein höllisches Wechselbad der Gefühle. Er schwor Rache, er tobte innerlich vor Hass auf alle diese Saukerle, er zitterte, fluchte und weinte, bis er sich eingestand, dass dies alles nichts bringen würde.

„Ich muss analytisch vorgehen! Wut und Hass sind hier keine Hilfe. Aber wo beginnen? Am besten versuchen, auch hinein zu kommen in den Kreis der Triaden!" Denn dass diese dahinter waren, dies war Reto völlig klar.

Er erinnerte sich, wie da und dort auf ihren Streifzügen durch die Riesenstadt das eine und andere

„Gelbgesicht" begehrliche Blicke auf Akuti gewor-
fen hatte und dass dabei diese Halunken hinter vor-
gehaltener Hand miteinander tuschelten.

„Also, ich will diese Schweine mit ihren eigenen
Waffen schlagen! Hoffentlich verstehen diese Handlanger der grossen Bosse etwas Englisch, sonst bin
ich von Anfang an aufgeschmissen!"

Reto begann seine „Verfolgungsjagd" beim sogenannten Concierge seiner zweifelhaften Absteige. 20
Dollar konnten auch hier heutzutage etwas bewir-
ken. Er erklärte etwas umständlich und geheimnis-
voll, dass er Girls aus Europa und Afrika „vermittle"
und gerne in entsprechenden Kreisen eingeführt
würde. Die chinesischen und damit auch unerforsch-
lichen Gesichtszüge des Mannes blieben starr. Aber
in den Augen sah Reto beim diskreten Übergeben
des Dollarscheines doch eine kleine Gier.

„Es könnte durchaus mehr werden", erklärte er.

Mister Ming an der Rezeption meinte mit ausdrucks-
loser Miene: „Warten Sie heute Abend beim Emp-
fang!" Welch ein grossartiger Ausdruck für dieses
Haus! „Warten Sie einfach, bis Sie jemand mit dem
Namen Hu ansprechen wird!".

„Nun, Hu ist in China etwa so verbreitet wie bei uns
Meier und Müller. Und wer weiss, vermutlich ist

dies auch nur ein Deckname!" dachte Reto. Trotzdem wartete er wie elektrisiert und voller Spannung auf den Abend, der einfach nicht kommen wollte. Die Minuten wurden zu Stunden und die Stunden zu Ewigkeiten.

„Wo mit der Suche beginnen? Es gibt gewiss Tausend und mehr Spelunken in dieser Stadt, die in Betracht kommen. Es gibt Dutzende von Nobelherbergen, die man überprüfen müsste, um eine Spur zu finden. Die kleinen Leute der Triaden sind wohl eher in der ersteren Kategorie zu finden, überlegte er sich immer wieder, innerlich nahe der Verzweiflung und kurz vor einem Nervenzusammenbruch.

Um sechs Uhr abends wartete tatsächlich ein Mister Hu auf ihn. Mit kalten Schlangenaugen sah dieser Reto an und meinte kurz und hart: „Follow me"!

„Immerhin, der Kerl spricht Englisch!", frohlockte Reto. Die beiden eilten durch ein Wirrwarr von Gassen, gefüllt mit Menschen, Gerüchen, Laternen, Verkaufsbuden, Strassenhändlern und hundert anderen Dingen. Tatsächlich zeigte Mister Hu wortlos auf eine kleine Tür, die zu einem der unzähligen billigen Restaurants führte.

Am Tisch bestellte Mister Hu für sich und Reto zwei Schälchen Reiswein. Nachdem eine scheue Bedienung dies servierte, meinte Hu trocken: „Speak!"

„Nun muss ich bei jeder Schauspielschule der Welt sofort die Aufnahmeprüfung bestehen, sonst wird mir der Hals umgedreht", dachte Reto. Es wurde ihm etwas schwindelig und kribbelig bei diesem Gedanken. Dann aber dachte er an Akuti und begann für einen jungen Europäer eine gute Leistung der Verstellkunst.

„Nur dass es klar ist, Mister Hu: Ich bin nicht auf Sie angewiesen. Ich erzähle darum auch keine Geschichtchen. Der Markt ist unersättlich, die Konkurrenz gross und skrupellos! Ich kann Girls aus einigen Winkeln der Welt vermitteln. Zuvor aber will ich Einblick in eure Geschäftspraktiken. Nachher sprechen wir über die Bedingungen. Meine Spezialität ist im Moment Indien!"

Hätte er diesen letzten Satz vielleicht besser bleiben lassen sollen? Hatte er sich damit bereits verraten und die Schlinge um den Hals gelegt? Der Portier in seiner Absteige hatte doch Akuti einige Mal zusammen mit ihm gesehen! Hält dieser dicht, in Erwartung weiterer Dollarscheine? Hu zeigte absolut keine Regung. „Wie bringen Sie die ‚Ware' über die Grenzen?" Wie ein giftiger Pfeil schoss diese Frage Reto entgegen.

Blitzschnell antwortete er: „Berufsgeheimnis! Sie glauben doch nicht im Ernst, dass ich solche elementaren Dinge ausplaudere!"

„Wir sind durchaus in der Lage, solche ‚Dinge', wie Sie das nennen, aus Ihnen herauszupressen. Wir sind hier in China, nicht im dekadenten Westen. Und wir haben hier so unsere speziellen Methoden!"

Wie von der Tarantel gestochen, stand Reto auf und liess den billigen Stuhl hinter sich zu Boden krachen. „Gut, dann sind wir fertig!" stiess er hervor. Jetzt erst wunderte er sich, dass sie hier auf Stühlen sassen und nicht wie vielerorts auf Kissen am Boden.

„Setzen Sie sich", meinte eisig die Stimme von Hu. Er wies kalt und wie unbeteiligt mit einem Finger der rechten Hand auf den umgefallenen Stuhl. Und genau dieser Finger fiel Reto auf! „Ist dies der Finger eines Mannes? Ein sehr gepflegter Nagel, ein schmaler und eleganter Finger, manikürt! „Das ist der Finger einer Frau?" durchzuckte es ihn.

„Sie sind eine Frau" stiess Reto nach Atem ringend hervor.

„Ja, und? Bei euch sind doch die Frauen offenbar gleichberechtigt! Kommen Sie, wir gehen zu weiteren Besprechungen in mein Haus. Sie gefallen mir, übrigens auch als Mann!"

Sicherheitshalber hatte Reto seine Personalien bei der nächsten Polizeistelle seiner Herberge deponiert.

„Aber, wer weiss denn, ob jene Leute auf einen Notruf reagieren würden? Wenn schon die Mafia Schlüsselstellen unterwandert, wie viel mehr wohl die berüchtigten Triaden! Der einzige Beamte, der dort ein paar Brocken Englisch sprach, hatte vielleicht jetzt oder später gar keinen Dienst.

Früher sagten die Chinesen zu den europäischen Eindringlingen „fremde Teufel" oder auch „Langnasen". Hat sich dies wohl heute geändert?" All dies ging Reto jetzt durch den Kopf; aber seine Einsichten kamen reichlich spät. Und um Akuti zu suchen, war er bereit, sich in die Hölle zu wagen.

18

‚Sie' wohnte in einer luxuriösen Penthouse-Wohnung mit atemberaubendem Blick auf den Perlfluss in Guangzhou. Die Lichter der Grossstadt spiegelten sich traumhaft schön im Wasser. Ihr Name, wenn dies überhaupt stimmte, war Mai-Lin. Als Reto mit offenem Mund und staunend das Appartement betrat, war Mai-Lin wie ausgewechselt.

„Hier sind wir ungestört, unbelauscht und unbeobachtet! Fühle dich wie zu Hause, Reto! Mache es dir bequem!"

„Woher kennen Sie meinen Namen", fragte dieser verdattert zurück.

„Ach weißt du, in diesem Geschäft muss man sehr vorsichtig, wenn nicht sogar übervorsichtig sein. Glaubst denn du im Ernst, ich lasse mich mit jemandem ein, über den ich nicht zuvor alle möglichen Informationen eingeholt habe? Bediene dich an der

Bar dort drüben. Ich verschwinde nur kurz im Badezimmer, um bequemere Kleider anzuziehen!"

Als Mai-Lin nach gut zehn Minuten geräuschlos wieder den Raum betrat, verschlug es Reto tatsächlich den Atem. Sie war eine Schönheit mit vollendeten Formen! Sie war einfach von einer erotischen Ausstrahlung, nein, richtiggehend ein Sexobjekt, mit tiefem Ausschnitt, der die Brüste wippen liess, und mit einem Seitenschlitz an ihrem Kimono, bis hinauf zu den Hüften, der jedes Männerherz zum Rasen bringen kann.

Aber der kalte Ausdruck in ihren Augen blieb, und das stoppte den Adrenalinspiegel und alle tanzenden Hormone bei Reto augenblicklich. „Das hier ist ein Satansweib ohne Herz und Gefühl", durchfuhr es ihn. „Also Vorsicht!"

„Ich muss dir etwas beichten, Reto. Bitte höre mir jetzt genau zu. Ich weiss, dass du verliebt bist in deine Akuti!"

Bei der Nennung dieses Namens schoss Reto auf und wollte sich mit grausamer Wut auf Mai-Lin stürzen.

„Sei kein Dummkopf! Liebe macht blind! Ja, sie ist wirklich ein sanftes Täubchen und ein hübsches Ding! Aber kommen wir zu den Fakten! Akuti ist in der Gewalt der Triaden und ich eigentlich ebenfalls. Ich will hier raus aus der ganzen Hölle – mit dir! Nein: Schweig jetzt mal, du verliebter Idiot, und höre mir zu!"

Reto zitterte am ganzen Leib und wollte sich bittend, weinend und brüllend auf einen Disput einlassen. Aber ein schneidendes erneutes „Schweig jetzt doch mal, verdammt, und hör mir zu", liess ihn fast ohnmächtig in seinen Sessel zurücksinken.

„Also: Akuti ist in der Gewalt der Triaden, zusammen mit einem ganzen Rudel anderer Mädchen. Nur ich finde einen Weg, sie zu befreien. Und dieser Weg ist so: Ich biete dir ein Leben in Luxus, zusammen mit mir in deiner Heimat. Ich sorge dafür, dass Akuti frei kommt und von diesen Teufeln hier verschwindet."

„Ich habe genügend Mittel, um uns eine grossartige Zukunft zu sichern. Dazu brauche ich einen Schweizer Pass als deine Frau und dazu muss ich hier verschwinden. Ich habe genug von allen diesen Schweinereien und will raus. Eine neue Identität in einem Land der Welt, in dem mich niemand sucht! Wir beide können ein Leben voller Freude geniessen. Also, du hast die Wahl: Akuti wird frei und du gehst mit mir auch in die Freiheit. Oder Akuti kommt in ein Hurenhaus, geht dort langsam und elend zu Grunde, und du wirst von den Triaden zu Hackfleisch gemacht!"

Das alles waren Hammerschläge, die Reto im Moment einfach lähmten. Aber dann ermahnte er sich, cool zu bleiben. Er fragte darum nur knapp: „Wo ist sie?"

„Hier im Haus. Aber ich warne dich: Alle Fluchtgedanken sind Dummheit!"

„Ich will sie wenigstens kurz sehen!"

„Ja, aber zuvor gehst du mit mir ins Bett! Ich lehre dich Dinge in der Liebeskunst, von denen du keine Ahnung hast, und du wirst gerne lernen. Komm, ich habe heisses Verlangen nach dir!"

Aufreizend langsam liess Mai-Lin den Kimono zu Boden gleiten und stand nackt vor ihm. Reto musste sich eingestehen, noch nie einen so formvollendeten Körper gesehen zu haben. Aber die kalte Ausstrahlung der Frau liess ihn innerlich frieren.

„Nein, erst kommt Akuti frei, und dann können wir weiter sehen!" Wenn du mich und dazu einen Schweizer Pass willst, dann in dieser Reihenfolge. Von einem Toten kriegst du keinen Pass! Und nun erkläre mir deinen Fluchtplan!"

„Haha, dass du diesen dann mit deiner kleinen indischen Hure durchführen kannst? Ich bin nicht ganz so dumm, wie du glaubst!"

Genau diese Bezeichnung für Akuti liess Reto in seiner Wut über sich hinauswachsen. Mit einem Reflex sah er aus den Augenwinkeln auf einem Glastisch einen Schlüsselbund liegen. Dabei regte sich neue Hoffnung in ihm. Tollkühn, wie er sich gar nicht kannte, zückte er aus seiner Tasche sein Swiss-Army-Knife, das ihn auf allen seinen Wegen begleitete. Er hasste ja Flugzeuge, und so musste er sich von dieser kleinen aber durchaus gefährlichen Waffe nie trennen.

Sich auf Mai-Lin stürzend, stiess er die etwa acht Zentimeter lange Klinge in den elfenbeinernen Hals der nackten Schönheit. Blut spritze auf wie eine Fontäne. Offenbar hatte er eine Hauptschlagader getroffen. Bestürzt, verwundert, von Hass und Verlangen erfüllt, blickte ihn Mai-Lin an, während sie stöhnend langsam zu Boden sank.

„So, du Miststück: Jetzt lasse ich dich hier langsam verbluten oder du sagst mir, wo Akuti ist und welcher Schlüssel dort auf dem Tischchen zum Verliess Zutritt verschafft! Dann mache ich einen Druckverband. Davon verstehe ich etwas, denn ich war in unserer Armee bei der Sanität. Nachher rufe ich die Ambulanz, die dich ins Krankenhaus bringt!"

„Du grosser Narr", stiess Mai-Lin hervor, durch den Blutverlust schon etwas geschwächt. „Du glaubst doch nicht, dass meine Bosse dich hier ausfliegen lassen!"

„Wenn du mitspielst schon, sonst gehst du hier elend zu Grunde!" stiess Reto in tiefem Hass hervor.

„Also gut: Gib mir den Schlüsselbund!" Als Reto diesen Mai-Lin bebend in die bereits blutbefleckte Hand drückte, meinte diese, immer mehr erschöpft: „Der zweite Schlüssel hier ist ein Passepartout für viele Räume in diesem Haus, das den Triaden gehört. Fahre mit dem Fahrstuhl ins zweite Untergeschoss und öffne dort die Tür mit der Aufschrift „Zur goldenen Pagode. Und jetzt mach' verdammt noch mal diesen Druckverband!"

Reto fasste krampfhaft diesen Schlüssel, der vielleicht in die Freiheit führen konnte, und stiess hernach das scharfe Messer doch zwei- oder dreimal in den formvollendeten Körper von Mai-Lin, bis diese röchelnd zusammensank und ihn mit einem hasserfüllten Blick anstarrte, der mehr und mehr gläsern wurde.

„Adieu, du Schlange", zischte er, sich selbst nicht mehr erkennend, und stürze aus dem Appartement zum Fahrstuhl.

19

Langsam, viel zu langsam, glitt der Lift nach unten. Reto wusste nur, dass sich das Appartement von Mai-Lin im 16. Stockwerk befand. Er merkte sich die Nummer genau, denn er wollte nochmals zurückkommen, sobald er Akuti gefunden hatte.

„Ich Idiot! Wenn sie mich angeschwindelt hat, und ich meine Liebste nicht finde? Ich hätte sie weiter leben und leiden lassen sollen!" Endlich war der Fahrstuhl im zweiten Untergeschoss angekommen, und zwar ohne Zwischenhalt. Misstrauische Leute hätten an seinem fahlen Gesicht und an seiner blutigen Hand sonst gewiss Verdacht geschöpft.

Er sprintete durch die Gänge wie ein Verrückter und hatte Angst, auf dem Rückweg in diesem Labyrint den Fahrstuhl nicht mehr zu finden. Hier waren alle Schilder in Chinesisch abgeschrieben. So auch die Tür „Zur goldenen Pagode", aber Gott sei Dank war neben dem Schriftzug auch ein kleines und abstraktes Symbol einer Pagode zu sehen. Der Schlüssel passte! Offenbar war Mai-Lin doch nicht ein absolut verlogenes Miststück. Als sich die Türe etwas mühsam und quietschend öffnete, sah Reto keineswegs in ein stinkiges Rattenloch, wie er befürchtete.

In einem sauberen Raum mit gedämpftem Licht, ansprechend nach chinesischer Art möbliert, sassen oder lagen kreuz und quer die sechs oder mehr jungen Frauen verschiedener Nationen und Rassen. Blitzschnell kreiste sein Blick im Raum umher und sein Atem stockte: Jetzt rief, nein, schrie er, auf Akuti zueilend ihren Namen, riss sie hoch und in seine Arme.

„Ich hoffte und betete, dass du kommst", flüsterte diese und lag wie ein erschöpftes und verängstigtes Bündel an seiner Brust.

„Komm, schnell raus! Jede Sekunde ist wichtig! Wir müssen fliehen! Reden können wir später, dazu ist jetzt keine Zeit!"

„Und die anderen Gefangenen?"

„Wir lassen einfach die Türe offen, und dann können sie sich selbst weiter befreien!"

„Nein, die meisten sprechen kein Englisch, und sie finden allein nicht hinaus! Reto, bitte! Befreie uns alle!"

„Das gibt zu viel Lärm und Aufmerksamkeit! Wir suchen gemeinsam den Fahrstuhl. Dort können die Mädchen im Erdgeschoss raus. Wir müssen noch etwas erledigen, und zwar allein, unbedingt allein! Und jetzt los!"

Mit Handbewegungen und Mimik versuchte er den gefangenen Mädchen, die zum Glück nicht gefesselt waren, klar zu machen, ihm zu folgen. Die total verängstigte kleine Schar drängte sich durch die Flure zurück zum Lift.

Kaum dort angekommen und ins Erdgeschoss geglitten, flüchteten die Frauen Richtung Ausgang. Dieser war natürlich versperrt. „Hätte man sich ja denken können" fluchte Reto. „Sicher sind hier auch unsichtbare Lichtsensoren, verborgene Kameras und Wanzen installiert. Vermutlich wurde jeder Schritt überwacht und jedes Wort abgehört!"

„Also, los: Wir flüchten zusammen in den 16. Stock ins Appartement von Mai-Lin und verschanzen uns dort!"

„Wer ist Mai-Lin?" fragte Akuti mit schwacher Stimme.

„Später, alles später! Folgt mir jetzt einfach, ohne Fragen zu stellen!" Entsetzt sah Akuti auf die blutbefleckten Hände von Reto, und wollte schon wieder fragen. „Bitte jetzt nicht, einfach alles später!" zischte jetzt Reto im Befehlston.

Endlos schien der Lift nach oben zu schleichen. Die Tür zum Penthaus stand immer noch angelehnt. Als die Gruppe hineinschlich und den nackten und blutbeschmierten Körper von Mai-Lin sah, wollten alle aufschreien. Reto machte das Zeichen, das wohl international sofort verstanden wird, und hielt den Zeigefinger warnend vor seinen Mund.

Fieberhaft durchsuchte er das Möbelstück, in dem er schon zuvor etwas bestimmtes vermutete: Nämlich Geld und vielleicht sogar einen Fluchtplan. Mai-Ling hatte während ihres Gespräches verstohlen oft dorthin geblickt, als wenn genau dort ein Teil ihrer Rettung und Flucht verborgen wäre.

Inzwischen untersuchte Akuti die Leiche sorgfältig. Vielleicht war die Frau ja noch am Leben? Sie hatte in der Missionsschule in Kalkutta mal einen Erste-Hilfe-Kurs besucht. Aber hier war nichts mehr zu machen. In der Armbeuge von Mai-Ling fand sie jede Menge von Einstichen. „Rauschgiftsüchtig!", flüsterte sie Reto zu.

„Dann wollte sie einer zweifachen Hölle entfliehen: Der Drogenabhängigkeit, in die man sie vermutlich absichtlich getrieben hatte, und den Teufeln der Triaden! Sie erpresste mich geradezu mit Flucht in die Freiheit!"

„Womit erpresste sie dich denn? Und wie bist du hierher gelangt?"

„Akuti, bitte jetzt keine Fragen! Wir müssen weg, und zwar sofort. Ich muss nur noch etwas suchen, das uns vielleicht zur Flucht verhilft, sonst sind wir hier verloren!"

Während dieser Worte sprang unter den hastigen und tastenden Händen von Reto bei einer unbeabsichtigten Berührung ein Geheimfach dieses Möbels auf! Fast hätte er gejubelt, unterdrückte aber jeden Laut. Vor ihm lagen Bündel von Dollarnoten und Euro. Reto steckte alles in fieberhafter Eile ein. Und *wie* man dies jetzt gebrauchen konnte! Da lag doch tatsächlich auch eine achtschüssige Walther, eine Tränengas- und eine Nebel- oder Blendgranate, made in Switzerland.

Reto kannte sich mit diesen niedlichen Dingern sehr gut aus, und zwar aus seiner Militärzeit. Er wusste sie nötigenfalls auch zu handhaben. Zudem steckte er noch einige wohl geheime Papiere ein, die in Englisch abgefasst waren.

Dies alles keinen Augeblick zu früh, denn plötzlich war im Appartement die Hölle los, weil etwa vier oder fünf grimmige Gestalten hereinstürmten!

„Überhaupt ein Wunder, dass dies so lange dauerte", fluchte Reto, zog Akuti unsanft zur Seite, hechtete Richtung Tür, schoss den dort stehenden Mann über den Haufen und stieg über seinen leblosen Körper hinaus in den Flur. Die Explosion der kleinen Blendgranate, die er nun ins Zimmer zurück warf, war ohrenbetäubend und das anschliessende Geschrei und Inferno groß.

„Gut, dass ich meine Ausbildung bei den Grenadieren noch nicht ganz verlernt habe" zischte er und floh mit Akuti Richtung Treppenhaus. Der Fahrstuhl war gewiss bereits blockiert oder überwacht.

„Akuti, sei jetzt stark! Wir müssen unendlich viele Treppen hinunterhechten! Ich helfe dir. Es geht um Leben oder Tod!"

Trotz dem kurzzeitigen Blindwerden der Hallunken im Appartement durch die explodierte Granate schossen die anderen Banditen ganze Feuergarben in Richtung der Flüchtenden. Sie brachten sich dadurch aber eher selbst um. Einige Geschosse trafen den Fahrstuhl und blockierten diesen irgendwo im Schacht. Vermutlich war dort der „Nachschub" für die Bande nun selbst eingeklemmt.

Reto und Akuti erreichten mit brennender Lunge und völlig ausgepumpt nach einer kleinen Ewigkeit den Ausgang. Überall war der Teufel los, überall schrien Menschen, überall standen Türen zu den Wohnungen oder Büros offen. Genau in diesem unglaublichen Durcheinander kamen die beiden unbeschadet, aber mit schlotternden Beinen und ohne Puste vor die Eingangstür an.

Diese war inzwischen auch geöffnet, und zwei grimmige gelbe Gesichter versperrten den Ausgang. Sechs Schuss hatte Reto noch in seiner kleinen Kanone. Vier davon genügten, um die zwei Wächter zu verletzen oder zu töten. Was auch immer, ihm war alles egal, ob er seine Flucht mit Leichen pflasterte. Diese Lumpen hatten nichts anderes verdient. Einfach weiter auf und davon.

Zurück in seine Herberge, das wäre wohl einem Selbstmord gleich gekommen. Auch die Spelunke, in der er Mai-Ling getroffen hatte, war gewiss triadenverseucht!

Ziellos und auch hoffnungslos eilten und schlichen die beiden durch das nächtliche Guangzhou. Sie fanden, oh Wunder, irgendwo eine kleine christliche Kirche, die ganz versteckt in einer Seitengasse lag.

„Dass es so etwas hier gibt! Ich muss mich, wenn wir überhaupt nach Hause kommen, mehr um Gott kümmern. Offenbar kümmert er sich in letzter Zeit auch sehr um mich!" gelobte sich Reto.

20

Der Pastor der anscheinend sehr kleinen Gemeinde der Gläubigen war doch tatsächlich noch auf und entdeckte bald die beiden Flüchtlinge in seiner Kirche. Zum Schreck von Reto und Akuti war er Chinese. Aber er beruhigte sie und meinte, nachdem er das Wichtigste erfuhr: „Ich gewähre Ihnen Kirchenasyl! Dies schützt hier zwar nicht vor Nachforschungen. Keine Bange, ich habe nichts zu tun mit den Triaden und verabscheue ihr Tun auf das Heftigste. Allerdings, wenn sie hier mit mir entdeckt würden, so spiele auch ich mit meinem Leben!"

In der Sakristei erholten sich die beiden erst einmal ein wenig von dem grauenhaften Durchlebten und stärkten sich mit etwas Ess- und Trinkbarem. Aber es war ihnen klar: Sie mussten so schnell wie möglich aus der Stadt. Aber wie?

Als Reto in den geklauten Papieren von Mai-Lin aufgeregt blätterte, fiel ihm doch tatsächlich ein ausgeklügelter Fluchtplan ins Auge, den diese vorbereitet haben musste. Mit einer Dschunke, die an einem bestimmten Punkt am Perlfluss auf Mai-Ling und Reto wartete (der Kapitän wurde zuvor geschmiert und bestochen), sollte es flussabwärts schliesslich nach Macao gehen.

Diese kleine portugiesische Kolonie war in jenen Tagen noch keine sogenannte Sonderverwaltungszone Chinas nach dem heutigen System wie in Hongkong: „Ein Land, zwei Systeme!" Dort waren bereits Flüge gebucht auf dem Macao International Airport, und zwar mit TAP nach Lissabon, First-Class, versteht sich!

Der Pastor runzelte die Stirn, als er sich über den eingezeichneten Lageplatz der Dschunke mit dem allgegenwärtigen Namen „Feuriger Drache" beugte. „Es ist eigentlich gar nicht weit von hier", meinte er. „Aber die Gassen sind so verwinkelt, dass ihr euch in der Nacht ein dutzendmal verlaufen könnt!"

„Der Plan ist perfekt", meinte Reto. „Glauben Sie nicht auch, er ist *zu* perfekt?"

„Manchmal ist das naheliegende das Beste, weil so etwas niemand vermutet" lächelte der chinesische Geistliche. „Sie müssten vielleicht den Kapitän der Dschunke nochmals etwas ‚schmieren'. Die Sucht nach Geld und Macht sind hier inzwischen mindestens so verbreitet wie bei euch in Europa, wenn nicht noch ausgeprägter."

„Ihre Frau muss sich einfach als Mai-Lin ausgeben. Sie haben ja zum Glück auch den Pass der armen Seele mitlaufen lassen! Ja, ihre Akuti sieht nicht aus wie das Passbild. Aber Geld verschliesst den klaren Blick und den Mund!"

Reto machte nun einen Fehler, wie sich im Nachhinein herausstellte. Er bot dem Pastor für seine Hilfe auch etliche Dollarscheine an. Wie er meinte, könnte dieser das Geld wohl gut gebrauchen, um hier mit den wenigen Gläubigen überleben zu können. Das liessen aber Takt und Stolz des Geistlichen nicht zu.

„Wir Christen sollten noch viel mehr Nächstenliebe praktizieren, um unserem Namen gerecht zu werden. Behalten Sie ihr Geld. Sie werden es auf der Flucht gut gebrauchen können. Und noch eins: Sie haben ein oder mehrere Menschenleben ausgelöscht. Früher oder später kommt ein Gefühl der Schuld auf, denn Sie sind eine ehrliche Haut. Sehen Sie zu, wie sie damit dann fertig werden. Im Glauben an einen gerechten Gott findet man Halt!"

„Predigen hilft mir jetzt wenig", dachte sich Reto. Aber er hütete sich, dies laut zu sagen.

21

Die wirklich sehr altertümliche Dschunke „Feuriger Drache" lag tatsächlich am beschriebenen Ort vor Anker am Ufer des Perlflusses. Feurig sah sie gar nicht aus, und auch die Bezeichnung „Drache" war kaum angebracht. Wohl eher „lahme Ente". Aber was soll's. Die Freiheit lag hier in greifbarer Nähe.

Sie verabschiedeten sich vom Pastor, der ihnen des Himmels Schutz wünschte." Grüssen Sie mir die Schweiz. Es muss ein wunderbares Land sein mit dem Matterhorn und allen anderen Schönheiten!"

„Matterhorn", wie oft muss ich dieses Wort noch hören, bis ich selbst zusammen mit Akuti diesen Berg mit eigenen Augen sehe?", fragte sich Reto, innerlich sehr aufgewühlt.

Akuti selbst war ungewöhnlich still und nachdenklich geworden!

„Sie gingen an Bord. Nein, besser gesagt: Sie schlichen an Bord! Der Kapitän erwartete sie tatsächlich und zuckte mit keiner Wimper, als er gewiss bemerken musste, dass Akuti nicht Mai-Lin sein konnte. Willkommen an Bord, Mister ,Leto', meinte er mit meckernder Stimme. „Es muss also doch etwas dran sein, dass die Chinesen das ,R' nicht aussprechen können", dachte Reto.

„Fang, so ist mein Name", meinte der Kapitän, „und ich habe den Auftrag, Sie sicher nach Macao zu bringen. Gerne begleite ich Sie in Ihre Kabine." Nun, Fang, das ist ein in Südchina sehr verbreiteter Name. Aber was bedeuten in solchen Situationen Namen?

„Darf ich Ihnen, während wir hier ablegen, eine gute chinesische Nudelsuppe offerieren? Ich erwarte Sie in einer halben Stunde in der Kapitänskajüte", meinte Fang, ohne die Zustimmung seiner neuen Passagiere überhaupt abzuwarten.

Während allmählich die Lichter der grossen Stadt hinter ihnen verschwanden, zeigte diese alte Dschunke bald einmal, dass der „Feurige Drache" doch seinem Namen gerecht wurde. Die ganze Takelage war wohl nur Tarnung. Denn inzwischen begannen Schiffsmotoren zu brummen, deren Triebkraft es in sich hatten. Der aussen alte und innen wohl ganz moderne Kasten flog bald mal über das Wasser dahin.

Die Nudelsuppe war gar nicht schlecht! Gut, nebst den Nudeln gab es wohl noch etliche undefinierbare Beilagen und Zutaten. Aber wie sagt man so schön: Hunger ist der beste Koch! Das Essen mit dem Kapitän, der ihnen in knapper Art mitteilte, dass ausser ihnen nur noch drei Matrosen und zwei Maschinisten an Bord waren, war mit den typischen ‚Geräuschen' verbunden, die in China zur Tischsitte gehörten: Schlürfen, schmatzen und auch rülpsen!

„Luther hatte schon recht", dachte dabei Reto, „als er einmal an seiner Tafelrunde die Gäste fragte: ‚Warum rülpset und furzet ihr nicht? Hat es euch nicht geschmacket?'"

Aber schnell war er wieder in der Gegenwart und wollte dem Herrn Fang etwas auf den Zahn fühlen. Da biss aber er seinerseits mit seinen Zähnen und Fragen auf Granit!

„Hören Sie, Mister Wang: Ich weiss, Sie haben bemerkt, dass meine Begleiterin nicht diejenige ist, welche Sie für diesen Trip bezahlt hat. Sagen Sie mir einfach, was ich für einen schnellen Transport nach Macao zusätzlich zu begleichen habe?"

„Wie viel ist Ihnen das Leben Ihrer Frau oder Freundin und Ihr eigenes Leben wert?" fragte dieser nun Reto mit undurchdringlicher Miene. Reto bekam eine Gänsehaut und langte schon reflexartig nach seiner Pistole.

„Lassen Sie diesen Unsinn", mahnte Wang. „Hier bin ich der Boss, und hier befehle und kontrolliere ich, was geschieht!"

„Wie viel wollen Sie?", meinte Reto kleinlaut geworden.

„Sprechen wir offen! Ich wurde von Mai-Lin gut bezahlt. Und ich bin kein Triadensöldner. Damit dies zum Vorneherein mal klar ist! Ich liefere gute Arbeit und ich lasse mich bezahlen. Aber bei meinen ‚Geschäften' fliesst kein Blut. Ich mache meinen Namen nicht kaputt! Sie haben von Mai-Lin vermutlich gute Devisen mitbekommen oder mitgenommen. Geben Sie mir alle Dollar-Noten heraus. Die anderen Währungen kenne ich schlecht. Diese können Sie für die Weiterreise behalten. Auch ich will mein Konto in Macao ‚aufbessern', um eines Tages aus diesem Geschäft auszusteigen! So, und nun wählen Sie, denn eine so lange Rede halte ich sehr selten!"

Was tun? Es gab keine Alternative! Also ging Reto auf die Forderung von Wang ein und übergab ihm das Bündel Dollar-Scheine, ohne dass er dieses in der Eile der Flucht genau gezählt hatte.

„Aber der Kuckuck soll mich holen", dachte er, „wenn ich dem Kerl alle grünen Papierchen überreiche. Der weiss doch nicht, wie viel ich davon habe. Gut, er kann mich fesseln und ausrauben; aber dann werde ich ihn zuvor doch erschiessen!"

Wangs Gesichtszüge verrieten wenig bis gar nichts. Aber irgendwie merkte Reto doch, dass der alte Fuchs nahezu seine Gedanken lesen konnte. Aber Wang gab sich zufrieden und wünschte gute Fahrt. Akuti war vor Erschöpfung längst eingeschlafen.

22

Als die Portugiesen im Jahre 1516 in Macao landeten, fanden sie dort im Delta des Perlflusses ein kleines und verträumtes Fischerdorf vor. Heute findet sich hier ein Gewimmel von über einer halben Million Menschen. Dazu kommen jährlich etwa acht Millionen Touristen, um sich unter anderem im Glücksspiel zu versuchen.

Eigentlich fühlten Reto und Akuti körperlich und wohl auch seelisch wie gerädert und gefoltert. Aber alles wendete sich in Kürze zu einem Hochgefühl, wie sie so etwas Zeit ihres Lebens noch nie empfunden hatten.

Der Kapitän hielt Wort und liess sie ohne weitere Forderungen von Bord. „Hört mal hin, ihr beiden: Wenn ihr euch nicht ein Leben lang liebt und achtet, so soll euch der Teufel holen!" Das war sein Abschiedsgruss.

„Übrigens: Mai-Lin war eine entfernte Verwandte von mir. Sie hätte nicht mehr lange zu leben gehabt, so meinten die Ärzte. Und diese kurze Zeit wollte sie noch im freien Westen verbringen!"

Auf das Tiefste schockiert über diese neuen Enthüllungen machten sich Reto und Akuti auf den Weg zum Flughafen. Die First-Class-Tickets waren bereits bezahlt. Diese mussten nur noch am Schalter der TAP abgeholt werden.

„Wenn die Polizei auch hier in Macao von den Triaden durchseucht ist, müssen wir uns schleunigst in sogenanntes „internationales Gebiet" begeben; also in die Lounge der TAP, die erst nach der Zoll- und Passkontrolle installiert ist. Ein Hotel aufzusuchen ist viel zu riskant! Ebenso müssen wir sehr vorsichtig sein am Flughafen selbst. Vielleicht ist das Gemetzel in Gouangzhou wegen der staatlichen Zensur gar nicht offiziell publik gemacht worden. Aber alle Schachfiguren im grossen Spiel der Triaden sind gewiss orientiert. Und die Bosse sind jederzeit bereit, ein Bauernopfer zu bringen! So, und nun genug geredet. Der Flug geht zwar erst in etwa fünf Stunden. Diese können wir aber angenehmer in der Lounge verbringen."

Dass die beiden unbeschadet durch alle Kontrollen kamen, grenzte erneut an ein Wunder. Aber Erste-Klasse-Passagiere darf man nicht immer zu sehr schikanieren. Man weiss ja nie, wer sich dahinter wirklich verbirgt. Und wer will gut zahlende Kunden vergraulen?

So geleitete Reto und Akuti eine smarte und hübsche Angestellte der TAP vom Ticketschalter durch alle Schleusen der Pass- und Zollkontrollen sowie durch die Security hindurch bis zur Lounge. Dort tropften die Minuten so langsam dahin, als wäre jede einzelne eine Stunde. Es war eine nervenaufreibende Wartezeit. Jederzeit könnte vielleicht doch ein Sonderkommando des Geheimdienstes hereinspazieren und sie als gefährliche Spione und Staatsfeinde diskret festnehmen. Auch Flughafenangestellte konnte man ‚kaufen' oder aber mit Drohungen weichklopfen.

Nichts dergleichen geschah. Als die beiden sich um fünf Jahre gealtert fühlten, wurden via Lautsprecher zuerst die Passagiere der First-Class an Bord gebeten. Sie schwebten wie auf Watte ihren Sitzen entgegen, bevor sie dann endlich über den Wolken schweben konnten. Reto war erst beruhigt, als der Vogel in die Luft abhob. Und er gelobte sich, nie mehr in seinem Leben dieses Land zu betreten.

Akuti sass ganz in sich zusammengesunken auf ihrem Sitz und blickte wie gelähmt starr vor sich hin. Sie sass ja zum ersten Mal in einem solchen blechernen Käfig. Bei jedem Geräusch zuckte sie unmerklich zusammen. Auch der für sie ungewohnte Luxus hier in diesem Vogel verwirrte sie.

Die Fülle an Speisen und Getränken, die Filme, ein Dutzend andere neue und ungewohnte Eindrücke: Es war zuviel auf einmal. Sie rührte kaum etwas an, denn ihr Magen krampfte sich zusammen. Erst als Reto ihr in ein Glas Coca einen Schuss Chivas Regal schüttete, mit der Bemerkung, dies sei Medizin für und gegen alles, entspannte sie sich ein wenig und schlummerte sogar in seinen Armen ein.

Auf die Frage der Stewardess, ob es seiner Frau nicht gut gehe und ob sie etwas tun könne, meinte Reto vielleicht etwas zu forsch:

„Ja, Sie können was tun! Lassen Sie uns einfach in Frieden!" Darauf wurden die beiden bis Lissabon etwas „geschnitten" von den ewig lächelnden Damen, was ihnen aber völlig egal war.

23

In Lissabon blieben sie zwei Tage und zwei Nächte, um sich zu erholen. Von den Schönheiten der Stadt sahen Reto und Akuti leider praktisch nichts. Ihnen genügte der Blick aus dem Hotelfenster auf das Häusermeer und den majestätischen Tejo, von dessen Ufern aus die portugiesischen Seefahrer vor Jahrhunderten die halbe Welt entdeckten.

Von zehn Karavellen, die sich jeweils vom König verabschiedeten, kamen deren drei zurück. Aber voll beladen mit Gold und Gewürzen. Die anderen gingen unter in Stürmen, oder die Mannschaften wurden von Seuchen und Ruhr hinweggerafft oder von Seeräubern überfallen, ausgeraubt und getötet.

Trotzdem, wenn nach ein, zwei oder mehr Jahren die drei glücklichen Schiffe endlich zurückkamen, war schon die nächste Flotte bereit, um auszulaufen.

Reto und Akuti entschlossen sich, von Portugal aus mit der Eisenbahn zu reisen, durch Spanien und

Frankreich bis in die Schweiz. Bevor Reto endgültig in „sein Dorf" zurückkehrte, zog es ihn mit aller Macht nach Zermatt, um dort zusammen mit seinem Engel zum ersten Mal im Leben das Matterhorn in natura zu sehen.

Man glaubt es kaum, aber dort, beim Anblick dieses erhabenen Berges und mit Akuti im Arm, betete Reto seit langem wieder einmal im Stillen. Er dankte Gott und allen Göttern, die die Hindus verehren. Akuti hielt wohl auf ihre Weise Andacht, die Hände nach oben ausgebreitet, und mit einem nahezu verklärten Blick.

„Wirklich, Sie ist ein Engel", sinnierte Reto, innerlich tief ergriffen.

„Deine Heimat ist wunderschön", brachte Akuti stockend hervor. Aber während eine Träne ihre Wangen hinunterkollerte, meinte sie: „Aber lass uns ab und zu auch zu meinen Lieben nach Kalkutta reisen! Mein Herz ist zwar ganz bei dir, aber es schlägt auch für die Slums in meiner Heimat!"

Das Herz einer Frau ist unergründlich und dies vor allem, wenn diese aus Indien kommt!

Epilog

Reto sass nun oft wieder sinnend zusammen mit seiner Frau Akuti, nun nicht nur Prinzessin, sondern Königin seines Lebens, sinnend auf dem kleinen Hügel seines Dorfes. Dieses hatte sich etwas vergrössert, aber den Charakter beibehalten.

Er schaute nicht mehr sehnsuchtsvoll in die Ferne. Aber als bekannter Schriftsteller erlangte er wohl nicht Weltruhm, aber immerhin nebst innerer Erfüllung auch weit herum Anerkennung. Und, wie könnte es anders sein, auch da und dort etwas Neid! Man kannte doch den kleinen Bauernjungen von damals.

Oft weilten die beiden auch an den Gräbern von Retos Vater und seiner allzu früh verstorbenen Mutter, ja, sogar der gestrengen Tante, die es eigentlich nur gut meinte.

Reto war also zu einem „kleinen Leuchtturm" in der Gegend geworden. Seine Frau aber war für ihn – und vielleicht für manche andere – ein grosser

Leuchtturm, in ihrer inneren und äusseren Schönheit, Sanftheit, Weisheit und – immer noch etwas asiatischen Rätselhaftigkeit.

Jan aus Holland hatte sich nie gemeldet. Nachforschungen ergaben, dass dieser auf einer seiner vielen weiteren Reisen in irgendwelchen Stammeskriegen im Kongo vermutlich ums Leben kam. Er galt als vermisst.

Wer weiss, wenn sich das Dorf weiter entwickelt, wird mal eine Strasse oder ein Platz nach ihnen benannt. Aber bis dahin werden wohl beide auch „in den ewigen Jagdgründen" weilen. Dann werden sie solche Dinge wenig kümmern. Immerhin: Für sie hatte es sich gelohnt, zu lieben, zu leiden und zu leben.

Es bleibt noch nachzutragen: Bei einem Staatsbesuch irgendeines chinesischen Wirtschaftsministers in Bern wurde diesem doch tatsächlich von der Presse die etwas unverschämte Frage vorgelegt:

„Was sagt Ihre Regierung zu den Aktivitäten der sogenannten Triaden in Ihrem Land?"

Darauf meinte dieser (Übersetzungsfehler vorbehalten!) mit undurchsichtigem aber höflichem Lächeln: „Solche Dinge haben wir im Griff. Das sind höchstens noch Sujets für westliche Romane!"

In einem Schaufenster wurde in jenen Tagen diskret eine Tibet-Flagge durch die Polizei entfernt. Es war möglich, dass der Herr Minister abends noch einen Spaziergang in jener Gegend machen wollte. Ja, gewiss: In der Schweiz herrscht absolute Meinungsfreiheit. Aber „Business must go on!" Niemand hat es davon, wenn man den hohen Gast aus Peking verärgert. Niemand? Ach, die Tibeter! Nun, man sagt, dass „auf dem Dach der Welt" vor der Besetzung durch die Chinesen viel schlimmere Zustände geherrscht haben sollen als heutzutage. Also konnten diese doch zufrieden sein, oder nicht?

Gerade sind die letzten Zeilen geschrieben, da geschieht doch „ein Wunder unserer Zeit"! Es rast ein „Sportler der Sonderklasse" mit Skiern an den Füssen und Gleitschirm am Rücken doch tatsächlich vom Gipfel des Matterhorns hinunter ins Tal. Es geht halt nichts über den ultimativen Kick und die Präsenz im Fernsehen! Armes und geplagtes Matterhorn – nie kommst du zur Ruhe!